글쓰기가 필요한 시간

나를 찾아 떠나는 글쓰기

윤슬

글쓰기가 필요한 시간

– 나를 찾아 떠나는 글쓰기

2쇄 발행 2017년 10월 30일

지은이 윤 슬
디자인 고현경
제　작 네오시스템

펴낸이 서상일
펴낸곳 소나무
출판등록 제 25100–2017–4호
주　소 대구광역시 달서구 학산로 19길 36
이메일 sonamuin@naver.com
블로그 blog.naver.com/sonamuin

ISBN 979–11–960763–2–0 (03800)

이 도서의 국립중앙도서관 출판예정도서목록(CIP)은 서지정보유통지원시스템 홈페이지 (http://seoji.nl.go.kr)
와 국가자료공동목록시스템 (http://www.nl.go.kr/kolisnet)에서 이용하실수 있습니다.
(CIP제어번호: CIP2017020469)

글쓰기가 필요한 시간

나를 찾아 떠나는 글쓰기

윤슬 지음

소나무

프롤로그

글쓰기, 그 자체가 어려울 수 있다

"글쓰기, 너무 어려워요"

"어디서부터 써야 하는지 모르겠어요"

"잘 쓰고 싶은데, 무엇을 써야 할지"

"떠오르는 게 없어요"

"글 쓸 시간이 없어요"

"왜 글쓰기를 해야 하는 거죠?"

"글을 잘 쓰는 방법이 무엇인가요?"

조금씩 다른 방식으로 질문하고 있지만 결국 '글쓰기'에 관한 질문이다.

글을 써야 하는 상황이 늘어나고 있다.

글로 자신을 표현하고, 자신이 어떤 생각을 하고 있는지 드러내야 할 이유가 늘어나고 있다.

이는 사회적인 분위기와도 무관하지 않다.

예전에는 성적표 혹은, 자격증으로 증명할 수 있었다.

나는 어떤 사람이며, 무엇을 할 수 있는지.
굳이 실패 경험이나 작은 성공담을 열거할 필요가 없는 분위기였다.
아니, 아예 관심조차 두지 않았던 부분이다.

하지만 전체적인 분위기가 달라지고 있다.
'나는 어떤 사람이며, 무엇을 할 수 있다'뿐만 아니라, 지금까지 살아오는 동안 수많은 경험 속에서 무엇을 배웠으며, 그로 인해 현재 어떤 태도를 가지고 있는지, 세상과 사람을 어떻게 이해하고 있는지 함께 질문받고 있다.

이런 분위기 속에서 자연스럽게 요구되는 역량이 바로 글쓰기이다.
글쓰기가 외국에서 졸업시험을 대신한다는 이야기, 입사시험을 에세이로 진행한다는 이야기, 심심찮게 들려왔지만, 그래도 먼 나라 이야기였다.

그러나 이제는 상황이 달라지고 있다.
빠르게 변화하는 시대적 흐름을 읽어내는 사람, 기술이 인류를 위해 나아가야 할 방향을 제시할 수 있는 사람, 자신의 생각을 드러내고 밝힐 수 있는 사람, 그런 사람들이 경쟁력을 나타내면서 사회적인 화두가 되어 '글로 표현할 수 있기'를 요구받고 있다.

자신만의 생각이 있느냐.
그 생각을 드러낼 수 있느냐.
자신뿐만 아니라 모두에게 유의미한 것이냐.

학교에서 글쓰기를 빠르게 정착시키려는 의도 또한, 비슷한 목적인 것 같다. 예전에는 배우고, 배운 것을 잘 기억해서 시험 치면 모든 것이 끝이었다. 영어도 문법과 단어를 외우고 해석만 잘 하면 많은 부분이 편했다.
하지만 이제는 단순히 배우고, 배운 것을 외우는 것에서 끝이 아니다.

영어도 문법과 단어뿐만 아니라, 듣기가 중요해지고 있다. 거기에 말하기와 쓰기를 통해 생각을 표현할 수 있는지 강조되고 있다.

결국 '생각의 힘'이 요구되고 있는 것이다.
'지식의 축적을 기반으로 한, 자신의 생각이 있느냐.
결과를 떠나 자신의 생각을 드러낼 수 있느냐.
타인의 생각과 자신의 생각을 조율할 수 있느냐.
단순히 '보는 힘'이 아니라, '들여다보는 힘'을 지니고 있느냐'까지.

글쓰기. 입학시험, 입사시험, 승진 시험, 하다못해 간단하게 SNS에 글을 쓰는 것까지 형태만 다를 뿐 자신의 생각을 글로 표현해야 할 이유는 자꾸 많아지고 있다.
간혹 글쓰기를 특수 집단의 탁월한 능력으로 이해하는 사람들이 있다.
물론 타고난 능력으로 천재적인 솜씨를 발휘하는 분들도 있지만 대부분의 경우 '시간'과 '노력의 힘'으로 글쓰기 실력을 키우고 있다.
그러니 대단한 사람만 글을 쓸 수 있다고 생각하지 않았으면 좋겠다.

인터넷은 세계를 하나로 묶었고, 서로의 일상을 공유하고 있다.
블로그, 인스타, 페이스북, 카카오스토리 등의 다양한 SNS를 통해 소통과 공유가 이뤄지고 있고, 자연스럽게 한 줄, 혹은 두, 세 줄로 자신의 생각을 표현할 기회도 많아지고 있다.
글쓰기는 이제 자연스러운 일상이 되어버렸다.
거기에 자신을 홍보하거나, 알리는 용도로 SNS를 활용하는 사람들이 늘어나면서 글쓰기는 선택이 아니라, 필수가 되고 있다. 하지만 이렇게 글쓰기에 관심이 높아지면서, 동시에 어려움을 호소하는 사람들도 많아지고 있다.

"어떻게 써야 할지 모르겠어요"
"스토리를 쓰라고 하는데, 무엇을 쓰라는 것인지?"

"어떻게 하면 좋은 글을 쓸 수 있어요?"

관심이 늘어나서일까.

어떻게 하면 글을 잘 쓰고, 또 어떻게 하면 좋은 글이 되는지, 요즘은 책뿐만 아니라 인터넷을 조금만 찾아봐도 금방 알 수 있다.

무료로 글쓰기를 배울 수 있는 곳도 많고, 온라인 강좌도 많아졌다.

그러나 이러한 사정에도 불구하고 여전히 많은 사람들이 글쓰기를 힘들어한다.

글쓰기에 관한 지극히 개인적이며 경험론적인 생각을 정리해보았다. 십 년이 넘는 시간 동안 글을 써 오면서 "이것만은"이라고 여겨졌던 것들을 모아보았다. 무엇보다 글쓰기에 대한 막연한 두려움을 조금이라도 줄이는데 마음을 집중하며 '뻔한 이야기'를 최대한 뻔하지 않게 전달하기 위해 노력했다.

제1장 〈나를 깨운 것은 글쓰기였다〉는 어떻게 글쓰기를 시작했으며, 글을 쓰는 동안 어떤 마음이 생겨났는지, 과정에서의 어려움은 무엇이었는지, 글쓰기를 통해 무엇을 배웠는지, 스스로에게 고백하듯 옮겨 보았다. 그 과정이 아득하고 멀게 느껴지는 글쓰기를 조금이라도 만만하게 볼 수 있는 기회가 되었으면 좋겠다.

제2장 〈글은 '머리'가 아니라 '손'으로 쓴다〉는 막상 펜을 집어 들었지만 무엇을 써야 할지 깊은 고민에 빠진 분들, 용기 내어 첫 문장을 적었지만 다음 문장을 향해 달려가지 못하는 분들, 그런 분들을 위해 준비했다. 글쓰기의 본질, 글쓰기에 요구되는 태도를 중심으로 글쓰기 또한, '두려움을 없애는 것'이 아니라 '두려움을 이겨내는 것'이라는 사실을 전해주고 싶었다.

제3장 〈공감하는 글쓰기〉는 두려움을 이겨내고 글쓰기를 이어가는 분들을 위해 준비했다. 2장이 '글쓰기를 시작할 수 있는 힘'에 초점을 맞추었다면, 3장은 '그래도 괜찮은 글쓰기'에 생각을 집중시켰다. 다듬어진 글을 쓰고 싶다는 분들을 위해 평소 '적어도 이것만큼은'이라고 여겨졌던 부분을 옮겨 보았다.

제4장 〈나는 쓰면서 날마다 성장한다〉는 십 년이 넘도록 글을 써 오면서, 몇 권의 책을 세상에 선보이면서, 글방에서 글쓰기 수업을 진행하면서의 경험과 느낌을 중심으로 '꾸준한 글쓰기의 힘'에 대해 정리해보았다. 시간과 노력을 담보로 글쓰기를 이어오는 동안, 나도 모르게 많은 부분에서 강해졌고 담대해졌다. 깊어진 생각, 사색을 통한 즐거움, 배움을 즐기는 태도까지, 이 모든 것들을 나는 글을 쓰면서 부수적으로 얻었다.

그 마음을 나눠보고 싶었다.

마지막으로 〈나를 찾아 떠나는 글쓰기〉는 30일 동안, 하루에 한 편씩 글쓰기를 할 수 있는 '글쓰기 목록'을 준비했다. 직접 글을 쓰면서 자신의 생각과 삶을 들여다볼 수 있는 기회가 되었으면 좋겠다. **〈함께 책을 만든 사람들〉은** 이번 글쓰기 책이 나오는 동안, 블로그와 윤슬 글방을 비롯해 주위에서 도움 주신 분들의 이름을 기록했다. 이 자리를 빌려 다시 한 번, 고마운 마음을 전해본다.

글쓰기는 글을 쓰는 사람을 위해 가장 먼저 쓰인다.
나는 누구이며, 어떤 사람인지 발견할 수 있는 가장 좋은 도구이다.
조금이라도 글쓰기를 편하게 시작하는 계기가 되었으면 좋겠다.
'마냥 어려운 글쓰기'가 아니라, '나도 글을 쓸 수 있어'라는 자신감을 가지는 출발점이 되었으면 좋겠다.
글쓰기, '족쇄'가 아닌, '날개'가 될 수 있기를 희망한다.

2017년 9월 윤슬

차례

제2장 글은 '머리'가 아니라, '손'으로 쓴다

제3장 공감하는 글쓰기

제4장 나는 쓰면서 날마다 성장한다

제1장

나를 깨운 것은 글쓰기였다

용기를 내어 그대가 생각하는 대로 살지 않으면,

머지않아 그대는 사는 대로 생각하게 된다

– 폴 발레리

누구도 알아주지 않았지만

언제부터 글을 쓰기 시작했는지 기억에 없다.

다만 마룻바닥에 배를 깔고 누워 시인이라도 된 것처럼 펜을 굴리며 원고지에 수많은 점을 찍었던 기억만 떠오를 뿐이다. 행간의 깊이는 고사하고, 단어의 의미조차 불투명한 시간들을 '청춘'이라는 이름으로 숨 가쁘게 좇아다녔던 시절이 기억날 뿐이다.

꼬리를 밟힌 것들은 언제나 마룻바닥으로 소환되었고, 스스로를 증명해내지 못한 것들은 점이 되어 사라져갔다.

가끔 그것들 중에서 물음표 혹은, 느낌표로 승화되는 것들도 있었지만, 흔적도 없이 사라지는 것이 더 많았다.

이것이 본격적으로 글을 쓰기 전의 기억 전부이다.

운이 좋았던 것일까. 시간은, 세월은 조금씩 두터워져갔다.

정체를 알 수 없는 침묵이 갑자기 자판 위로 올라가 거침없이 고함을 지르는 날이 생겨났고, 달아오를 대로 달아오른 감정이 제멋대로 춤을 추는 날도 생겨났다. 그렇게 한바탕 정신없이 두드리고 난 후에는, 아무 일도 없던 것처럼 제자리를 찾아갔다.

그러면서 문득, 처음으로 이런 생각이 들었다.

'혹시 나는 글로 말하고, 글로 춤추고 싶은 게 아닐까?'

'혹시 글을 쓰고 싶은 게 아닐까?'

그때부터 스스로 착각에 빠질 만큼, 아니 빠진 것처럼 하얀 백지와 검은 활자와의 전쟁을 시작하였다.

'두드려라, 그러면 열릴 것이다'라는 막연한 믿음으로 사정없이 두드렸다.
글을 쓰는 동안 자물쇠를 걸어 잠그는 날도 많았다.
사람이 되고 싶었던 곰처럼, '웅녀'를 꿈꿨는지도 모르겠다.
아마 그 지점이었던 것 같다.
마늘을 먹는 내내, 곰이 스스로에게 던졌을 질문들, 그 질문들을 나에게 하기 시작했다.

지금 왜 여기에 있는가.
왜 마늘을 먹는가 혹은, 왜 글을 쓰고 있는가.
왜 사람이 되고 싶은가, 나는 무엇을 원하는가.

지극함으로 묵묵히 마늘을 먹던 곰처럼, 미련하게 계속 써 내려갔다.
왜 자물쇠를 걸고 안으로 들어왔는지.
왜 자판을 놓지 못하는지.
차라리 곰이 더 행복했을지도 모른다.
적어도 곰에게는 '사람'이라는 미래를 보장해준 환웅이 있었으니까.

하지만 나는 사정이 달랐다.
계속해서 자판을 두드리는 동안, 오히려 두려움은 커져 갔다.
'누가 알아주는 것도 아닌데, 왜 이 고생을 해?'
'글을 쓴다고 어떻게 되는 것도 아니잖아?'

'영영 혼자 글만 쓰다가 끝날 수도 있잖아?'
불쑥불쑥 고개 내미는 의구심에도 미련스럽게 붙잡고 늘어졌던 시간들, 이제는 오래된 추억이 되어버렸다.

무엇이라도 하지 않으면 안 되었던 시절, 내세울 것이 별로 없었던 나는 늘 불안했고, 그 마음을 달래볼 요량으로 펜을 들었다. 펜이 없는 날에는 자판을 두드렸고, 그조차도 허락되지 않는 날에는 메모지를 찾아 적어 내려갔다.
'글쓰기'라기보다는 오히려 '마음 쓰기'가 더 정확할지도 모르겠다.

가끔은 이런 생각도 든다.
어쩌면 누구도 알아주지 않았기에, 여기까지 올 수 있었던 게 아니었을까.
보여주기 위한 것이 아니었기에, 계속 쓸 수 있었던 것이 아니었을까.
잘났다고 생각하지 않았기에, 호기심을 잃지 않았던 게 아니었을까.
자세히는 모르겠지만, 글쓰기도 그렇고 많은 일들이 그런 것 같다.
'재능'이 전부는 아닌 것 같다.
재능과 상관없이 시작되는 일이 있는 것 같다.
나에게는 글쓰기가 그랬다.

나를 깨운 것은 글쓰기였다

요즘도 정해진 시간이 되면 자판을 두드린다.

눈 위에 흔적을 남기는 사람처럼, 스스로 살아있음을 확인하는 유일한 방법인 것처럼.

궁금함으로 방황했던 많은 시간들에 대해 '빛나는 청춘'이라고 기록할 수 있게 된 것도 실은 얼마 되지 않았다. 지금도 대답하기 어려운 질문을 가슴에 품고 살았던 시간들을 '성숙'이라는 단어로 표현할 수도 있겠지만, 결국은 '불안'이었다.

스스로를 믿지 못하는 마음.

미래에 대해 기대할 것이 없다는 느낌.

이런저런 감정들로 마음이 복잡해지면, 습관처럼 펜을 들었다.

어떻게든 해답이라도 찾아 볼 요량으로, 떠오르는 대로 마구 써 내려갔다.

그런 날의 시작은 늘 비슷했다.

'왜 이렇게 불안한지 모르겠다.

도대체 나는 무엇을 하고 있는 걸까.

지금 나는 무엇을 걱정하고 있는가?'

물론 매번 못난 생각만 했던 것은 아니었다.

좋은 기운을 건져 올리는 날도 있었지만, 그리 많지 않았다.

그렇게 두레박으로 건져 올린 것을 원고지면 원고지, 스프링 노트면 스프링 노트, 자판이면 자판에 흔적을 남겼다.
주인 행세할 수 있는 시간을 포기할 수 없었던 모양이다.
그렇게 하나, 둘 쌓아 설익은 마음을 모아 세상에 내놓은 첫 책, 「행복한 백만장자」였다.

영글지 못한 생각이나 서툰 표현들이 제멋대로 속살을 드러내고, 익을 대로 익어 저절로 터진 아람이 아닌 미생(未生)의 상태로 세상과 조율을 시도한 흔적이 역력하다.
첫 책이 세상에 나왔을 때, 남편을 제외하고 아무도 몰랐다. 다른 가족들은 내가 글을 쓰고 있다는 것조차 몰랐다. 물론 나 스스로도 누군가에게 말하지 못했다.
이게 벌써 10년도 더 된 일이다.
하지만 인생은 그런 것 같다.
처음부터 가치를 발휘하는 경우도 있지만, 훗날 다시 재평가되는 것도 있는 것 같다.

「행복한 백만장자」가 그랬던 것 같다.

무엇을 위해서도 아니었고, 무엇 때문에도 아니었다.
'가능성이 있느냐, 없느냐'의 문제도 아니었다. 시간과 공간이라는 물리적 제한을 뛰어넘을 수 있게 하는 것이 필요했고, 자아를 잊을 수 있는 무언가가 필요했다.
나는 글쓰기가 필요했고, 그 과정에서 탄생한 것이 첫 책이었다.
첫 책 이후, 두 번째, 세 번째 책을 내는 과정도 별로 다르지 않았다.

목이 마르면 물을 마시는 것처럼, 습관처럼 써 내려갔고, 그들의 아우성을 책으로 엮었을 뿐이다.
모르긴 몰라도 누군가의 평가를 기준으로 삼았더라면, 아마 지금 여기에 서 있지 못했을 것이다. 그런 측면에서 보면, 철저하게 '나'를 중심으로 살아가는 것 같기도 하다. 호의적인 평가는 물론, 그럴듯한 칭찬 한 번 없었는데 오늘도 당당하게 자판을 두드리고 있는 것을 보면 말이다.

[나를 깨운 것은 글쓰기였다]

자판위에 올려놓고 이리저리 재어본다.
글쓰기.
지금까지의 삶 전체를 두고 보았을 때, 내 인생의 일등공신이다.
'나답게'를 고민하게 했고, '나답게' 살 수 있도록 도와주었다.
계속 글을 써오는 동안, 훨씬 강해지고, 한층 담대해졌다.
그래서일까. 입에 붙은 말이 있다.

계속 쓰다 보면 뚫립니다.
계속 쓰다 보면 만나게 됩니다.
계속 쓰다 보면 알게 됩니다.

세상이 궁금해지다

스스로에 대한 관심이 깊어지면서, 자연스럽게 세상과 타인에 대한 호기심도 늘어났다.
나만 이럴까. 다른 사람들은 어떨까.
이렇게 하면 좋다는데, 왜 그렇게 하지 않을까.
배우고 이해하기 위한 시간이 필요했다.
내 안의 것을 버리고, 나와 다른 낯선 것과의 조화로움을 찾기 위한 노력이 필요했다.
단순히 '보는 눈'을 넘어, '들여다보는 눈'이 필요했다.

방법은 비슷했다.
흩어져있던 생각들을 한 곳으로 불러 모았고, 그들의 요구대로 계속 써 내려갔다.
과정에서 접점을 찾지 못하고 소문도 없이 사라진 것도 많았지만 새롭게 의미를 부여받은 것들도 생겨났다. 정당성을 확보하기 위해 나름대로 방어전을 펼치기도 했고, 약간의 거부감도 없이 그대로 수용하기도 했다. 자의든, 타의든 내 안으로 들어온 것들과의 동침은 그렇게 시작되었다.

글로 계속 풀어내면서 깨달았다.
'정말 알지도 못하면서 안다고 했구나. 정말 무지했구나'

무지에 대한 자각은 저절로 겸손을 향하게 했다.
모르는 것을 알기 위한 노력이 필요했다.
알지 못했던 마음을 발견한 후, 외면하지 않기 위한 노력도 필요했다.

여전히 나는 세상이 궁금하다.
꾸준히 글을 쓰면서 세상을 배워가는 느낌도 좋다.
내가 알고 있는 것이 무엇이며, 모르는 것이 무엇인지.
알고 있다면, 어디까지 알고 있으며 근거는 무엇인지.
모르는 것이 있다면 정말 모르는 것인지, 아니면 외면하는 것인지.
세상에 혼자 떨어진 것 같지만, 곁에 누군가가 함께 서 있다는 사실을 깨닫는 느낌도 싫지 않다.
왜?
왜냐하면.
왜?
그래서.
'왜?'라고 묻고, 또다시 '왜?'라고 대답하는 시간들을 쌓아오는 동안,
나는 깨달았다.
'왜?'라는 질문이 생각보다 따뜻한 온도라는 것을.

알고 있는 것과 모르는 것을 발견하다

자기소개서든, 일반 생활 글쓰기든 결국 글은 자신의 생각을 밝히는 것이다.

어떠한 경험을 가지고 있으며, 그 경험으로부터 어떤 의미를 지니게 되었는지 설명하는 도구 중의 하나이다. 그래서 글을 읽다 보면 자연스럽게 어떤 사람이며, 어떤 생각을 지니고 있는지 알게 된다.

예를 들어보자.

'행복은 성적순이다'라는 주제로 글을 쓴다고 가정해보자.

일단 주제에 대해 찬성 혹은, 반대를 시작으로 뒷받침할 수 있는 경험이나 통계, 데이터를 통해 공감과 설득을 이끌어내려 할 것이다. 옳고 그름의 관점보다는, 정당성과 신뢰감을 확보하기 위해 노력하면서 말이다.

솔직히 개인적으로 이 지점에서 스스로 부족하다는 것을 제일 많이 느꼈다.

정확한 사실과 의견을 구분하지 못한 채, 감정적인 주장만 거듭 반복하고 있다는 사실이 많이 부끄러웠다. 그러면서 그때부터 흔한 말로, 마음이 가는 대로 책을 읽기 시작했다.

심리학자 조지 로웨스타인의 '정보 간극 이론'이 있다.

정보 간극 이론이란, 사람은 이미 자신이 알고 있는 것과 알고 싶은 것 사이에 적당한 간극이 있을 때 호기심이 생겨난다는 이론인데 그 해석에 공감이 갔다.
아주 조금 알고 있는, 혹은 틀리게 알고 있던 것과 알고 싶은 것 사이의 간격이 나의 호기심을 자극시켰고, 호기심을 채우기 위해 독서를 이어갔다.
알고 있는 것을 확인하는 느낌이 좋았고, 잘못 알고 있던 것을 바로잡는 느낌도 싫지 않았다. 몰랐던 사실을 새롭게 알게 되었을 때는 행복감마저 들었다. 호기심은 인식의 확장을 가져왔고, 인식의 확장은 또 다른 호기심을 낳았다. 즉, 독서와 글쓰기의 선순환이 시작되었던 것이다.

적어도 나는 그랬다.
읽고 쓰고, 또 읽고 쓰고.
독서, 글쓰기, 다시 독서, 글쓰기.
이 과정은 글을 쓰는 사람에게 생겨나는 자연스러운 배열이다.
공자는 말했다.
"아는 것을 안다고 하고, 모르는 것을 모른다고 하는 것이 제대로 아는 것이다"
계속 글을 쓰다 보면, 모르는 것과 아는 것이 분명해진다.
아는 것은 제대로 알게 되고, 모르는 것은 새롭게 알게 된다.
거기에 공자님과도 친구가 될 수 있다.

받아들이는 것에 익숙해지다

글을 쓰면서 생겨나는 즐거움 중의 하나가 '다양한 시선'이다.
세상의 모든 일을 경험하고 글을 쓸 수는 없다.
모든 감정을 담아내어 문자로 표현하는 일도 쉽지 않다.
그러므로 나의 경험은 물론이며, 타인의 경험에도 귀를 기울여야 한다.

타인의 경험을 허락하고 그들의 감정을 느낄 수 있어야 한다.
글을 쓰는 사람은 더욱 그래야 한다.
받아들인다고 해서 무조건적으로 수용하라는 의미는 아니다.
다만 낯선 것, 다른 것을 허락하는 마음가짐이 필요하다는 뜻이다.
나와 다른 낯선 생각.
나와 다른 낯선 마음.
나와 다른 낯선 생각.

흐르는 물에는 이끼가 생기지 않는다고 했다.
글을 쓰는 일 또한 흐르는 물처럼 멈추지 않고 흘러야 한다.
안으로 들어오고, 또 밖으로 나아가야 한다.
나의 소리에 집중해야 하지만, 세상의 소리를 외면하지 않아야 한다.
한 번쯤 누군가의 글을 읽고 나서 생각의 변화를 시도하거나, 전혀 느껴보지 못한 감정을 느껴본 적이 있을 것이다. 이처럼 우리 모두는 서로에게 영향을 주며 살아간다.

글쓰기도 크게 다르지 않다고 생각한다.
이왕이면 선(善) 한 영향력을 줄 수 있는 글을 쓰도록 노력해보자.
작고 하찮은 것들의 이름을 불러주자.
개미가 악어나 코끼리보다 용감하고 씩씩한 이유를 찾아주자.
무심히 던져진 단어들을 꿰어 삶의 언어로 다시 돌려주자.
글을 쓰는 사람에게 사명이 있다면 이런 게 아닐까.

발굴해서 드러내기.
제자리 찾아주기.
이름 불러주기.

부정적이었던 삶을 긍정하다

글쓰기 수업을 시작하면서 가장 먼저 하는 말이다.

[글쓰기 수업 준비물은 '여러분'과 '지금까지 살아온 여러분의 인생'입니다]

글쓰기는 증명서를 발급하는 일과 같다.
지금껏 살아온 인생의 가치를 스스로 증명해내는 일이다.
어떤 생각으로 견뎌왔는지, 외면했는지, 어떻게 위기를 넘겼으며, 또 어떻게 사랑하며 살아왔는지, 지금껏 경험한 자신의 세계를 보여주는 일이다. 그런 의미에서, 글쓰기에 앞서 '긍정'이 필요하다.

'현재의 자기 자신'과 '지금까지의 삶'을 긍정해야 한다.
물론 후회나 아쉬움은 당연하다.
'최선의 선택'이라고 믿었던 행동이 분석력을 발휘한 현명한 판단이 아니라, 감각적이며 충동적인 판단에 근거했을 수도 있다.
하지만 그럼에도 불구하고 '그것이 최선이었어'라고 얘기할 수 있어야 한다. '긍정'까지는 아니어도, '수용'은 해야 한다.

인생 전체를 두고 가장 많은 방황을 했던 시절이 스무 살 즈음이다.
스스로에게 무척이나 무지했던 나는 그 시절을 통과하면서 적당히 부정적인 사람이 되어버렸다.
미래에 대한 기대감, 자신에 대한 신뢰감, 이런 것들은 나에게 '너무 먼 당신'이었다.
자연스럽게 감정을 숨기는 일이 많아졌고, 표현 또한 서툴렀다.
누군가의 성공을 축하하기보다는 재능이나 환경을 이유로 '그럴 수 없는 상황'을 나열하며 스스로를 합리화시키기에 바쁜 '열등감 덩어리'였다.

본격적으로 글을 쓰기 시작하면서 가장 많이, 자주 드러난 부분도 '열등감'이었다. 여러 이름이나 색깔로, 표면적으로는 다른 형식을 취했으나 결국은 '열등감'이었다. 질(質)의 변화는 양(量)의 임계점에 도달했을 때, 새로운 물꼬를 트기 시작한다. 그런 측면에서 부정적인 감정들로 멀미가 날 지경이었지만 외면할 수 없었다. 생각나는 대로, 떠오르는 대로 백지 위로 사정없이 쏟아부었다. 삶의 의미를 발견하기 위해서보다는 아픔을 호소하는 일에 더 많은 지면을 할애했다.

경험, 경험에 대한 평가는 지극히 소심하고 편파적이었으며, 수시로 건져 올라오는 생각들의 대부분이 그러했다. 그렇게 몇 달, 아니 몇 년을 보냈다. 하지만 도무지 끝나지 않을 것 같았던 그 길의 가장자리로, 조금씩 빛이 들어오기 시작했다.

'괜찮아'
'그래도 잘 해 온 거야'
'여기까지 온다고 수고했어'

'괜찮아. 잘 한 거야'

감수성의 회복인지, 삶의 의지인지, 글쓰기는 나에게 새로운 제안을 해 오기 시작했다.

'지금부터라도 다르게 살아볼래?'
'지금부터라도 하면 되잖아?'
'오늘부터 밝음에 대해 이야기해볼래?'
그 제안에 마음이 동했는지, 어느 순간부터 글 속에서 변화가 생겨났다.

별이 빛나는 것은 대낮이 아니라, 어두운 밤이다.
예민함의 또 다른 이름은 세심함이다.
'그럼에도 불구하고'가 '그럴 줄 알았어'보다 더 강하다.

준비되지 않은 마음과 상관없이, 새로운 시선의 문장들이 쏟아져 나오기 시작했다.
삶의 변화, 글의 변화는 그렇게 시작되었다. 살아오는 동안 겪은 일련의 과정들은 글 속으로 녹아들었고, 어둠을 이해하고, 밝음을 긍정하려는 태도는 그림자가 되어 따르기 시작했다.

나는 말과 글이 다르지 않고, 글과 삶이 다르지 않다고 생각한다.
삶을 부정하는 사람이 '밝음'을 노래하기란, 하늘의 별을 따는 것만큼 어려운 일이라고 생각한다.

무엇보다 적극적으로 긍정해야 한다.

'지금의 자신'과 '지금까지의 삶'을. 글을 쓰는 일에서든, 인생을 살아가는 일에서든, '긍정하는 태도'가 가장 소중하다고 나는 확신한다.

무엇이든 처음은 어렵다

글을 쓰기 위해 세상의 지식을 연구하는 학자나 수많은 책을 완벽하게 정리해내는 사서가 될 필요는 없다. 학력이나 경력, 나아가 글쓰기 실력을 걱정할 필요도 없다.

글을 쓴다는 것은 세상을 기록하고, 사람을 기록하는 것이다.

똑같은 장소에서 글을 써도 사람마다 다른 글이 나오고, 똑같은 사람을 만났는데도, 전혀 다른 글이 탄생된다. 기본적으로 글쓰기는 각각의 숨결과 호흡을 인정하는 다양성이 바탕이다.

나태주 시인의 '풀꽃'이라는 시가 있다.

자세히 보아야 예쁘다.
오래 보아야 사랑스럽다.
너도 그렇다.

세상과 사람에 대한 관심을 놓지 않아야 한다.

오래, 자세히 들여다보아야 한다.

이것이 글을 쓰는 사람이 지녀야 할 기본적인 마음이라고 생각한다.

'뼛속까지 내려가서 써라'의 작가 나탈리 골드버그는 말했다.

작가는 두 번째로 살아가는 사람이고, 두 번 살아가는 사람이다.

저마다의 특별함에 이름을 붙여주고, 그 이름을 최대한 친설하게 불러줘야 한다는 그녀의 생각이 나태주 시인과 크게 다르지 않다고 생각한다.

글은 IQ 200의 천재가 쓰는 것도 아니고, 멘사 회원이 쓰는 것도 아니다.
글은 '사람'이 쓴다.
나를 닮은, 나와 똑같은 걱정을 하는 사람이 쓴다.
같은 시간을 통과하는 사람, 늦은 시각 친구와 술 한 잔을 마시는 사람, 어떻게든 도망치려고 했지만 발목이 붙잡혀 눌러앉은 사람, 그들이 쓴다.
예고 없이 닥친 일 앞에서 어찌할 줄 몰라 우는 사람, 원망에 찬 목소리로 큰소리치고 나서는 일기장에 고해성사 하는 사람, 우물쭈물하다가 기차 시간을 놓쳐버린 사람, 그런 사람들이 쓴다. 당신을 닮은, 당신의 누이나 형제를 닮은 사람이 쓴다.
'당신도 글을 쓸 수 있다'라고 말할 수 있는 이유, 바로 여기에 있다.

사실 '글쓰기에 재능이 있어서 글을 쓴다'라고 말하는 사람은 별로 많지 않다.
오히려 글재주가 없어 걱정이라는 사람들이 더 많다.
막연한 두려움으로 글쓰기를 어려워하는 사람들에게 얘기해주고 싶다.
"처음 하는 일은 원래 어려운 법이다.
계속 해오던 일도 멈추었다가 다시 시작하려고 하면, 두 배의 힘이 필요하다.
글쓰기는 지금까지 쓸 기회도, 이유도 없었다.

해 오던 것도 아니고, 해 봤던 것도 아니어서 어려운 것뿐이다.
세상의 많은 일처럼, 글쓰기도 계속 쓰다 보면 나아진다.
글쓰기 또한, 세상의 많은 일 중의 하나에 불과하다"

처음부터 너무 큰 욕심부리지 말고, 천천히 쌓아간다는 마음으로 글쓰기를 시도했으면 좋겠다.
시간의 힘을 견딘 것들에게 위로받으면서 말이다.
글쓰기, 지금까지 연습할 기회가 없었던 것뿐이다.
지금부터 연습해도 늦지 않다.

10×20
10×20

'진짜 나'를 만날 수 있는 기회

글에는 여러 종류가 있다.

자서전을 쓰는 것이 목적이 아니라면, 군자의 '도'를 전하는 것이 목적이 아니라면, 자신의 경험만으로도 글을 완성할 수 있다.

비슷한 일을 겪고 있는 사람에게 당신의 경험은 친근함을 선물할 것이며, 반면 한 번도 겪어보지 못한 사람에게 당신의 경험은 새로운 기회가 될 수 있다. 당신의 경험이 생명을 살리는 데 쓰일 수도 있고, 삶의 태도를 바꾸는데 쓰일 수도 있다.

한 줄의 글에서 희망을 발견해 벼랑 끝에서 발걸음을 돌렸다는 이야기의 주인공이 당신이 될 수 있다.

당신의 경험을 깨워야 한다. 당신의 삶을 믿어야 한다.

당신의 삶에 가치를 더해 의미 있는 일에 쓰이도록 해야 한다.

경험을 드러내는 용기를 통해 당신은 더욱 강해질 것이고, 누군가의 삶은 풍요로워질 것이다.

잊지 말자. 어떤 경험도 필요 없는 경험은 없다. 경험이 경험으로 끝날 것인지, 새로운 시작이 될지는 모르는 일이다.

누구도 아닌, 자신의 경험을 재평가해야 한다.

경험에 대한 가치를 확인해야 한다.

예상하지 못한 누군가의 뒷모습에 깜짝 놀란 적이 있을 것이다.

화려한 앞모습과는 달리 짙은 그림자가 드리운 모습이 낯설었을 것이다. 그렇게 앞모습이 아닌 뒷모습으로 사람을 만날 때가 있다.
그렇다면 당신의 뒷모습은 어떠한가?
당신의 영혼이 잘 따라오고 있는지, 살펴본 적이 있는가?
글쓰기는 그런 당신 뒷모습과의 조우이며, 영혼과의 만남이다.
당신의 그림자를 들여다볼 시간이 필요하다.

낮게 내려앉은 목소리로 '같이 가자'라고 말하는 소리가 낯설게 들릴지도 모른다. 어쩌면 그 모습이 익숙하지 않은 당신은 멈칫할지도 모르겠다.
오히려 반대로 구부정하게 서 있는 모습이 안타까워 손을 뻗어 다가갈지도 모르는 일이다.
'나에게도 이렇게 길고 긴 그림자가 있었던가'하면서.
두 눈을 감은 모습에 알 수 없는 복잡한 감정들이 한꺼번에 터져 나올 수도 있다.
'고맙다'는 말보다 '미안하다'는 말이 자신도 모르는 사이에 새어 나올 수도 있다.
지금껏 한 번도 제대로 안아주지 못한 미안함에 절로 고개가 숙여질지도 모르겠다.
나는 그랬다.

글을 쓰는 동안 잃어버린, 놓쳐버린 것들을 제법 많이 되찾아왔다.
신경세포들이 그들을 하나, 둘 소환해내는 능력은 놀라움, 그 자체였다. 매번 하는 이야기지만, 글쓰기는 누구도 아닌, '글을 쓰는 사람'을 위해 가장 먼저 쓰인다.

꾸준히 글을 쓰다 보면 당신도 느끼게 될 것이다.

글쓰기가 소환 능력이 좋다는 것을.

글쓰기가 생각의 힘을 키운다는 것을.

글쓰기가 밥맛을 더 좋게 한다는 것을.

글쓰기가 사람을 살린다는 것을.

하루에 한 번, 글 쓰는 시간을 가져보자.

10분도 좋고, 30분도 좋다.

당신을 두렵게 만드는 것이든, 당신에게 용기를 선물해주는 것이든, 끝내 들춰내지 못하고 숨겨놓은 것이든, 지니고 있는 것들을 글로 풀어보자.

깊게 들어갈수록 글은 진실에 가까워질 것이고, 솔직함이 거듭날수록 본질에 가까워질 것이다.

마침내 진짜 나를 만나게 될 것이다.

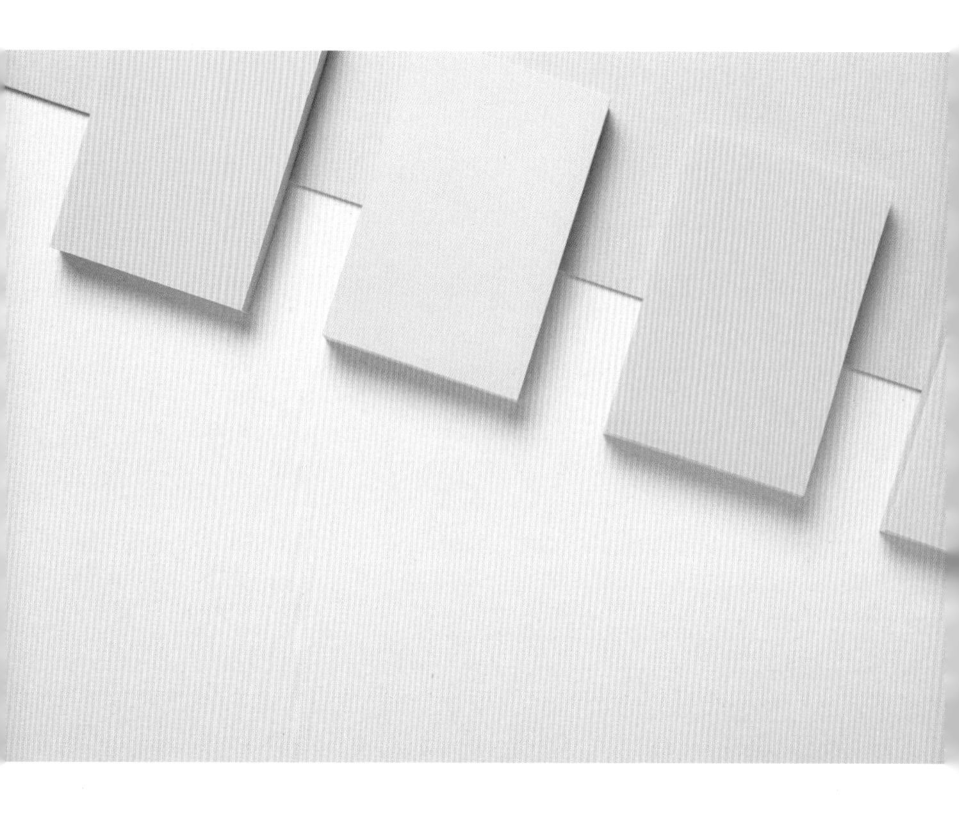

제2장

글은 '머리'가 아니라 '손'으로 쓴다

성공한 사람이 아니라 가치 있는 사람이 되어라

– 알버트 아인슈타인

글쓰기가 쉬운 사람은 없다

자주 글쓰기를 접하지 않은 사람에게, 글쓰기는 그 자체가 두려움의 대상이 된다.
백지를 눈앞에 두고 시선을 어디에 둘지 몰라 방황하는 것은 물론이며, 겨우 생각나는 글감을 실마리 삼아 한 줄 내려갔다가 금세 돌아와 지우는 경우도 태반이다.
하지만 방금 전과 같은 상황은 글쓰기를 업으로 하는 사람들도 별로 다르지 않다. 횟수나 강도의 차이가 있을 뿐 새하얀 종이는 결코 만만한 상대가 아니다.

종종 이런 경우를 보게 된다.
머릿속에 쓸 말이나 재료는 충분한데, 막상 글로 옮기려고 하면 무엇부터 써야 할지 모르겠다는 것이다. 주제도 파악했고, 주제에 대한 나름의 흐름도 정했는데, '혹시나'하는 생각에 출항을 못하겠다는 것이다.
'혹시 내 생각이 틀린 것은 아닐까.
누가 틀렸다고 말하면 어떻게 하지.
다른 사람이 보기에 내가 이상한 사람이 아닐까.
너무 뻔한 이야기를 하는 게 아닐까.
아무도 관심이 없으면 어떻게 하지?'

생각이 꼬리에 꼬리를 물고 한참을 달리는 동안, 정작 글은 한 줄도 완성하지 못하고 끝내는 경우를 많이 보았다.
글쓰기에 앞서 이처럼 말이 길어지는 이유는 단 하나의 메시지를 전하기 위해서다.
'글쓰기가 쉬운 사람은 없다'라는 사실.
좋은 글에 익숙한 사람일수록 더욱 그런 것 같다.
읽기 쉬운 글을 알고 있기에, 좋은 문장을 외우고 있기에, 거기에 미치지 못할까 봐 더 많이 걱정하게 되는 것 같다.

타고난 재능으로 글을 쓰는 사람이 없는 것은 아니지만, 대부분의 사람들이 '시간의 힘'으로 글쓰기를 이어가고 있다.
반복되는 일상에서 자신이 지킬 수 있는 글쓰기 규칙을 만들어보자.
새벽 4시에 일어나 5,6시간 동안 글을 쓴다는 무라카미 하루키, 새벽 4시에 일어나 오후 5시까지 글을 쓴다는 「7년의 밤」의 정유정 작가만큼은 아니어도, 글을 잘 쓰고 싶다면 '글을 잘 쓰기 위해 노력하는 시간'이 필요하다.

글 쓰는 시간을 정해놓고, 매일 글을 쓰자.
이번 책을 통해서 전하고 싶은 전부라고 해도 과언이 아니다.
글쓰기 실력을 걱정하기보다 꾸준히 글을 쓰겠다는 마음가짐에 집중해보자. 글 쓸 거리가 없다고 한탄하지 말자.
거창한 것만 쫓다가 놓친 것은 없는지 먼저 살펴보자.
글쓰기 또한 기술 이전에, 태도가 먼저라는 것을 잊지 말자.
쉬운 글쓰기는 세상에 없다.

글쓰기는 '글쓰기' 외에는 방법이 없다

"글쓰기에 지름길은 없다" 약간 지루하고 조금 재미없어 보이는 문장, 지난 십 년간 글을 써 오면서 알아낸 글쓰기 비법이라면 비법이다. 본격적인 글쓰기 수업에 들어가기 전, 언제나 비슷한 이야기를 한다.

"글쓰기에는 지름길이 없습니다.
이곳에 여러분들은 글쓰기를 배우러 온 것이 아닙니다.
글쓰기를 하러 온 것입니다"

보통 이렇게 말하면, 무슨 소리인가 싶어 어리둥절한 표정을 짓는 분들이 많다.

"글쓰기는 '글쓰기' 외에 방법이 없습니다.
완벽한 글쓰기 원칙을 외웠다고 해서 글이 잘 써지는 것이 아닙니다.
수학공식 몇 개를 외웠다고 어려운 수학 문제가 거뜬하게 해결되지 않는 것처럼 말입니다.
많은 글쓰기 원칙을 외우고 있다고 해도, 직접 글을 써보지 않으면 알 수 없습니다.
글을 쓰고, 읽고, 고쳐나가면서 글쓰기 원칙을 스스로 습득해나가야 합니다.

'글쓰기'를 통해 글쓰기 실력을 키우는 것이, 비법이라면 비법입니다"

첫 생각을 따라 마음껏 쓰면 된다고 말했더니, 배가 산으로 간다고 호소했다.
제대로 된 글이 아니라, 넋두리만 늘어놓은 것 같아 속상하다고 말했다.
무슨 말을 하고 싶은지, 자신이 써 놓고도 헷갈린다고 얘기했다.
하지만 이 모든 과정들은 글쓰기에서 반드시 거쳐야 하는 성장통과 같다.

글쓰기 원칙을 머릿속에 넣어 놓고, 적재적소에 투척하는 탁월함이 부족해 무식할 정도로 '쓰는 행위'에 매달렸다. 상상력은 고사하고 한, 두 단어로 표현하지 못해, 똬리를 튼 뱀처럼 길게 눌러앉은 모습에도 속수무책이었다. 마침표 찾기는 하늘의 별 따기였다. 쉼표, 느낌표, 물음표. 정체를 알 수 없는 수많은 표정들이 길을 찾지 못해 방황했고, 나도 같이 방황했다. '필요 없는 형용사나 부사를 빼세요'라는 문장을 허공에 새겨놓고 시작했는데도, 내 글에는 불필요한 것들이 넘쳐났다. 무엇보다 그것을 구별해내는 것부터도 쉽지 않았다.

정말 무식한 방법이지만, 나는 글쓰기를 '글쓰기'로 배웠다.
그렇게 십 년이 넘는 시간 동안 글을 써 오면서 나에게도 '글쓰기'에 관한 몇 가지 철학이 생겼다.

첫째, 글쓰기는 '글쓰기'로 배우게 하자.
글방에서 수업을 할 때, 짧으면 15분, 길게는 30분 무조건 주제를 정해놓고 글을 쓰게 한다. 무엇이든 직접 해보는 것이 가장 좋은 배움이라는 확신 때문이다.

둘째, '글쓰기'를 통해 글뿐만 아니라, 글쓴이도 함께 나아가게 하자.
꾸준하게 글을 써오는 동안, 스스로도 인정할 만큼 삶의 많은 부분이 촘촘해졌고, 마음은 담대해졌으며, 태도는 분명해졌다. 이는 나에게만 국한된 혜택이 아니라고 생각한다.
글을 쓰는 사람이라면, 계속해서 글을 써 내려간다면, 누구나 얻게 될 선물이라고 생각한다. 글쓰기를 통해 글뿐만 아니라, 삶 전체를 이끌어 갈 수 있다는 사실을 전해주고 싶었다.

글을 쓰면서 자신의 생각이 틀릴까 봐 전전긍긍하는 경우는 누구에게나 일어날 수 있는 일이다.
'이거 틀린 생각 아닐까'
'다른 사람들이 뭐라고 하면 어떻게 하지?'
그럴 가능성은 충분하다. 아니, 그게 자연스러운 현상이다.
현재, 지구에 약 70억 명의 인구가 살고 있다고 하는데, 똑같을 확률보다 틀리거나 다를 확률이 훨씬 더 높다. 그러니 마음을 편하게 가졌으면 좋겠다.

약간의 뻔뻔함도 괜찮다. 적어도 글쓰기에서는 그렇다.
'현재 나의 생각은 이렇다는 거야'
'내가 보기에는 이게 더 중요해 보여'
완벽한 동의나 이해를 얻겠다는 욕심만 아니라면, 충분히 가능한 일이다. 물론 이 지점에서 필요한 것이 있기는 하다.

용기.

생각을 드러낼 수 있는 용기.

세상의 생각을 정면에서 마주할 수 있는 용기.

나와 다른 생각을 허락하는 용기.

어쩌면 글쓰기는 '용기'로 시작해 '용기'로 끝난다고 해도 과언이 아니다. 혼자 쓰고, 혼자 감상하는 일기가 아닌, 단 한 명에게라도 보여주는 글이라면 더욱 그렇다.

하지만 글쓰기는 아주 약간의 용기만 있으면 누구나 시도할 수 있는 영역이다. 글을 써 내려갈 수 있는 용기, 자판을 두드릴 수 있는 용기, 그 정도만 있으면 충분하다.

글쓰기가 익숙해질 때까지

'많이 읽고 많이 생각하고 많이 써야 한다'라고 말하는 작가 조정래.
'쉬지 않고 글을 써야 마음의 문을 열수 있다'라고 말하는 작가 위화.
매일 3시간씩 열심히 원고지를 채운다는 작가 김연수.
'글쓰기는 규칙적으로 매일 써야 하는 마라톤'이라고 말하는 작가 무라카미 하루키.
약간의 차이는 있겠지만 이들에게는 공통점이 있다.
자신만의 글쓰기 규칙을 정해놓고, 그것을 지키기 위해 노력해나간다는 점이다.

사실 글쓰기는 '외로운 시간과의 싸움'이며, '자신과의 싸움'이다.
한 권의 책을 완독하는 것 자체가 인내심을 키운다는 얘기처럼, 글쓰기도 그렇다.
시간을 정해놓고, 그 시간을 채우는 것으로도 글쓰기 훈련이 된다.
글쓰기는 신기하고 오묘한 과정으로 신화처럼 탄생되지 않는다.
일상의 수많은 유혹을 물리치고, 스스로 정해놓은 자리나, 장소로 자신을 밀어 넣은 후 묵묵히 자판을 두드리면서, 백지와 승자를 가릴 수 없는 전쟁을 이어가는 과정에서 탄생된다.
결코 하늘에서 갑자기 뚝 떨어진 영감으로 완성되지 않는다.
유치한 표현, 지루한 전개, 엿가락처럼 늘어진 묘사가 벗겨지고, 두드려 맞고, 해체되고, 부서졌다가 운이 좋아 되살아난 것들의 집합이다.

정해진 시간이 되면 자리로 돌아가 자판을 두드려야 한다.

쓰고, 고치고, 쓰고, 고치는 행위에 익숙해져야 한다.

무슨 일이든 익숙해질 때까지는 시간이 필요한 법이다.

마치 옷을 입고, 밥을 먹고, 잠을 자는 것처럼 몸에 배어야 한다.

글쓰기가 익숙해질 때까지, 의식하지 않고 자판을 향할 때까지,

스스로 정해놓은 글쓰기 규칙을 수행해나가야 한다.

글쓰기의 시작은 질(質)이 아니라 양(量)이다.

처음부터
완벽해야 한다는 생각을 버리자

'그냥 한번 글을 써 보는 것'과 '글을 업으로 생각하는 사람'은 다를 수밖에 없다.
예를 들어, '그냥 한번 글을 써 보는 것'은 분위기 좋은 커피숍에서 친구와 글쓰기에 대해 이야기를 나누는 것처럼 약간 설레고, 흥분되는 낭만적인 일이 될 수 있다. 평소 글쓰기를 하지 않았다면 적당히 기분 좋은 스트레스, 그 정도가 될 것이다.
하지만 늘 같은 자리에 앉아 1시간, 2시간 혹은, 그 이상의 시간을 계속해서 써 내려가야 하는 경우라면 얘기는 달라진다. 앞서 말한 '낭만적'보다는 오히려 '전투적'에 더 가깝다. 사실 무엇이든 진지하게 덤벼들면 몸이 축날 수밖에 없다.

'전투적'이라는 말은 긴장상태를 유지하고 있다는 뜻으로 단어 하나, 문장 한 줄 어느 것 하나도 쉽게 지나치지 못한다. 매 순간 긴장감 속에서 고도의 집중력을 발휘해 생사(生死)를 고민한다. 사라졌다가 되살아나는 것에 대한 이유를 설명할 수 있어야 하고, 말없이 사라지는 것에 대한 의심이 생겨나지 않도록 해야 한다. 정신적으로든, 육체적으로든 힘든 일이 아닐 수 없다.

하지만 이것은 비단 글쓰기에만 해당되는 일이 아니다.

세라믹 핸드 페인팅하는 친구를 봐도 그렇다.
재미있을 것 같아서, 좋아해서 시작한 세라믹 핸드 페인팅이지만 '업'이 되는 순간부터 상황은 달라졌다. '원하는 것'을 그리는 시간보다 '그려야만 하는 것'에 더 많은 시간을 할애했고, 조금이라도 나은 완성작을 위해 같은 작품을 몇 번씩 그리고 또 그렸다. 종종 친구도 비슷한 말을 한다. 즐거움이나 낭만보다는 오히려 의무감이나 전투적인 느낌으로 살아가는 것 같다고. 무언가를 꾸준히 해 나간다는 것, 성과를 내기 위해 노력한다는 것, 결코 만만한 일이 아니다.

'그냥 한번 해 보는 것'과 '업으로 쌓아가는 것'은 시간이 갈수록 차이를 만들어내고, 비슷한 지점에서 출발했다고 하더라도 종국에는 전혀 다른 위치에 설 수밖에 없다. 하지만 이것은 반대로 생각해보면 시간의 힘으로 쌓아올린다면, 누구나 어느 정도의 성과를 낼 수 있다는 얘기도 된다. 처음부터 줄줄 글이 나오지 않더라도, 계속 글을 쓰면 어느 정도의 글을 쓰게 된다는 얘기이며 처음부터 완벽한 그림이 나오지 않더라도 반복해서 그리다 보면 어느 정도 만족할만한 작품이 탄생한다는 얘기가 된다.

처음부터 글이 줄줄 써지지 않는다고, 완벽한 그림이 나오지 않는다고 걱정하지 않았으면 좋겠다. 긴 항해에서 가장 중요한 것은 나침반이다.
어디로 갈 것인지, 어떻게 갈 것인지가 중요한 것처럼 어떤 글을 쓰고 싶은지, 어떻게 써 내려가고 싶은지 그것에 집중하면서 꾸준히 글을 쓰는 것이 중요하다.

어니스트 헤밍웨이는 말했다.
"모든 초고는 걸레다"
초고는 본래가 투박하고 거칠다. 자유롭게 뛰어다니는 야생의 기질이 살아있다. 분명 당신의 글에 대해서도 비슷한 느낌을 발견하게 될 것이다. 뭔가 서툰, 무엇인가 어색한 느낌이 불편할 것이다. 하지만 너무 걱정하지 않아도 된다. 시간이 더해질수록 매끄럽고 부드러운 목소리를 가지게 될 것이다.

글쓰기를 시작하면서 첫 줄부터 완벽한 글을 써 내려가야지, 혹은 좋은 문장으로 훌륭한 글을 써야지,라는 욕심을 내려놓았으면 좋겠다. 쉽지 않은 일이기도 하지만, 그 마음으로 글쓰기를 시작하면 얼마 가지 않아 포기하는 경우가 태반이다. 마라톤을 시작하면서 처음부터 42.195km 완주를 목표로 한다면 과연 몇 명이 버텨낼 수 있을까. 3km, 5km, 10km처럼 조금씩 단계를 넓혀가는 것이 훨씬 확률적으로 유리하다.

글쓰기도 비슷하다.
처음에는 5줄, 다음에는 10줄 채우기, 그다음에는 한 페이지 채우기처럼 양을 늘려가는 것도 좋고, 처음에는 15분, 다음에는 30분, 그 다음에는 1시간처럼 시간을 늘려가는 것도 좋다.
'완벽한 글을 써야 한다'는 욕심을 내려놓자.
'멋진 문장으로 시작해야 한다'는 부담감을 내려놓자.
그 마음이 글쓰기를 방해한다.

내 안의 문을 열어 보겠다

그날, 글쓰기 수업 중에 제시한 단어는 하나였다.

부모님.

짙은 밤색 바지를 입고 새벽이면 어김없이 일어나 밭을 향하는 아버지, 결혼식 준비를 함께하지 못한 엄마에 대한 원망, 부모님의 부재로 맡겨진 할머니의 집, 그리고 할머니의 죽음까지. 이야기는 계속 이어졌고 분위기는 저절로 숙연해졌다.

고마움, 원망, 미안함, 그리고 그리움까지 모든 감정이 뒤엉킨, 드러내고 싶지 않았을 법한 이야기가 수면 위로 천천히 모습을 드러내는데, 그 과정을 지켜보던 이들의 표정이 묵직해지던 것을 나는 놓치지 않았다.

글쓰기 수업을 진행하면서 가장 보람을 느끼는 경우가 바로 이때다.

'철컥'하는 소리와 함께 내 안의 문이 열리는 소리를 듣게 되는 순간.

글쓰기 수업을 시작한, 글쓰기 수업을 계속 이어가는 이유이다.

[그들을 온전하게 그들답게 살아갈 수 있도록 해 주는 것]

자신이 가진 것이 무엇이며, 그것이 자신에게 어떤 의미를 지니고 있는지 스스로 발견하도록 도와주는 것, 그 과정을 통해 앞으로의 삶에 대해 긍정적인 마음을 갖게 해 주는 것, 글쓰기 수업을 통해 전해 주고 싶은 것들이다.

동시에, 글쓰기를 통해 얻었으면 하는 것들이다.

'세상에서 가장 단단한 문'은, '내 안에서 잠근 문'이라는 말이 있다. 그것처럼 견고하고 단단한 것이 없다. 그러나 경험론적인 이야기이긴 하지만 글쓰기를 진행하면서 그 문에 틈이 생겨나는 것을 보았고, 벌어진 틈 사이로 조심스럽게 얼굴을 내미는 모습도 보았다. 종국에는 자신의 손으로 문을 밀고 나오는 모습까지 보았다.

내 안의 문을 열어보겠다.
내 마음을 들여다보겠다.
내 생각을 점검해보겠다.
지금까지의 삶을 되돌아보겠다.
나와 나를 둘러싼 것들을 살펴보겠다.
삶 전체를 훑어보겠다.

어떤 이유로 시작해도 좋을 것 같다.
어느 경우든, 글쓰기가 마음의 문을 여는 좋은 도구가 될 수 있을 거라고 생각한다.

처음 떠오르는 생각을 포기하지 마라

"도무지 떠오르는 것이 없어요"

"종이를 쳐다보는데 머리가 하얘지는 것 같아요"

글쓰기 수업을 할 때 가장 많이 듣는 얘기이다.

그럴 때마다 종종 장난 섞인 목소리로 이렇게 대답해준다.

"종이를 뚫어져라 보세요"

1분쯤, 흘렀을까. 예상했던 대답이 터져 나온다.

"뚫어져라 쳐다봤는데, 아무것도 안 보여요"

"눈만 아파요"

그때는 이렇게 대답해준다.

"눈만 아파요,라고 시작하세요"

혹은 "아무것도 안 보이는데, 자꾸 쓰라고 해서 힘들어요,라고 시작하세요"

보통 글쓰기가 어려운 경우는 두 가지이다.

하나는 너무 많은 생각이 한꺼번에 떠오르는 경우이고, 또 다른 경우는 평소 생각해보지 않은 주제를 만났을 때이다. 한꺼번에 떠오르는 것이 많은 경우가 좋아 보일 수도 있겠지만 사정은 비슷하다. 어디서부터 출발해야 할지 혼란스럽기는 마찬가지다.

하여간 출발지점을 고민하는 분들에게 나는 이렇게 말해준다.

“가장 먼저 떠오르는 생각을 잡으세요”

일반적으로 가장 먼저 떠오른 생각은 진심일 때가 많다.
가장 솔직하고, 또 가장 잘 써 내려갈 수 있다.
하지만 솔직함과 동시에 내부 검열자의 발걸음에 가장 먼저 포기하게 되는 것도 사실이다.
‘틀린 생각이라고 누가 얘기할 거야.
사람들 생각은 다를 거야.
무슨 이 정도 가지고 글을 썼냐고 할 거야.
잘난 척이라고 할 수 있어’

사실 첫 생각을 밀고 나가기만 해도 어느 정도의 글은 나온다.
첫 생각에 ‘자유로움’을 확보해줘야 한다.
글을 쓰기도 전에, 이래서 안 되고, 저래서 안 되고 하면 쓸 게 없다.
내부 검열자의 요구를 외면해야 한다.
지금 중요한 것은 ‘완벽한 글쓰기’가 아니라 ‘글쓰기에 대한 자신감 회복’이라는 사실을 잊어서는 안 된다. 배는 항구에 있을 때 가장 안전하다. 하지만 배는 출항하기 위해 만들어진 것이지, 묶여있기 위해 만든 것이 아니다.

글쓰기도 비슷하다.
글쓰기는 누군가를 위해, 평가받기 위해 탄생한 것이 아니다.
글쓰기의 궁극적인 방향은 ‘자기 해방’이며, ‘자유로운 삶’으로의 행복한 여행이다.

첫 생각을 포기하지 말자.

일필휘지(一筆揮之) 못할 거라고, 어떤 지적이 들어올 거라고, 미리 걱정하지 말자.

적어도 글쓰기를 시작하는 지금은, 처음 떠오르는 생각이 정답이다.

처음 떠오르는 생각을 포기하지 말자.

마구 쓰다 보면 마구 써진다

이번에는 아무리 생각해도 도무지 떠오르는 것이 없는 경우를 가정해보자. 사실 그런 경우도 상당히 많다.
글쓰기 수업 시간에도 사정은 비슷했다.
그래서 생각해 낸 방법이 '글쓰기 엔진 가동'이다.
주제와 관련하여 미리 얘기를 나눈 다음, 글쓰기를 진행하는 것이다.
예를 들어 글쓰기 주제어를 [나의 일 / 사업]이라고 정했다면, 함께 나눠볼 수 있는 질문을 몇 가지 정해놓고 먼저 서로의 생각과 경험을 나눠보는 것이다.

왜 일을 해야 하는가.
지금 내가 하고 있는 일.
일을 하면서의 보람.
지금까지 경험한 일 / 아르바이트.
일에는 귀천이 없다.
로봇과 일자리.
평생직장 vs 평생직업.
가장 힘든 점은 무엇인가.
지금 준비하고 있는 일이 있다면.

그렇게 함께 얘기를 나눈 다음, '마구 쓰기'를 주문한다.

(가장 먼저 떠오르는 생각을 잡으라는 주문과 함께)

마구 쓰기.

떠오르는 대로, 생각나는 대로 마구 쓰는 것이다.

내부 검열자는 철저히 외면한 채 말이다.

훨씬 밝아진 표정으로 글을 써 내려가는 모습을 보고 있으면, '조금 전에 쓸 게 없다고 하소연하던 분들이 맞나' 싶어진다.

그러면 이렇게 한 마디 툭 던지기도 한다.

"아니, 다들 이렇게 잘 쓰시면서 자꾸 엄살 부리실 거예요?"

들었는지, 못 들었는지, 배시시 한번 웃고는 다시 고개를 숙이는 모습, 어쩌면 나는 이 순간이 좋아 글쓰기 수업을 계속하는 건지도 모르겠다.

함께 글쓰기를 하면 더 많이 즐거운 게 사실이다.

하지만 글쓰기를 함께 할 수 없는 경우가 더 많다.

예를 들어, 혼자 글을 쓰는데, 도무지 떠오르는 것이 없을 때는 어떻게 하면 좋을까.

마인드 맵(mind map)을 추천해주고 싶다.

마인드 맵(mind map)은 해석 그대로 '생각지도'로, 생각을 시각화하는 것이다.

사실 뇌는 예상보다 훨씬 더 많은 기억을 가지고 있는데, 기회를 만나지 못해서 밖으로 드러나지 못한 것뿐이다.

마인드 맵(mind map)은 바로 그 기억 창고에 불씨를 지펴주는 일이다.

먼저 주제와 관련해 떠오르는 기억이나 단어를 적어보자.
예를 들어, 글쓰기를 주제로 정했다고 가정해보자.

글쓰기

어렵다

재미없다

처음 해본다

학교에서 안 배웠다

블로그에 글쓰기

글쓰기는 시험이다

독서논술

연필

컴퓨터

책

작가

꿈

…

거창하게 표현해서 '마인드 맵(mind map)'이지, 실은 '단어 마구 쓰기'이다. 그렇게 마구 쓰기 끝낸 것을 문장으로 바꿔보자. 예를 들어 이렇게 말이다.

글쓰기는 재능 있는 사람들이 하는 것이다.
문법을 몰라 글쓰기는 어렵다.

글쓰기를 왜 하라고 하는지 모르겠다. 재미없다.

글쓰기, 처음이다.

학교에서 글쓰기 배운 적이 없다. 작문 시간에 글 쓴 기억이 없다.

블로그에 글을 쓰면 도움 된다는 이야기는 많이 들었다.

글쓰기하면 논술시험이 생각난다.

연필로 글을 쓰면 손이 아플 것 같다.

컴퓨터로 글을 쓰면 편할 것 같다.

글을 많이 쓰면 책을 낼 수 있다.

작가들은 어떻게 글을 쓸까, 힘들지 않을까.

글쓰기로 꿈을 이룰 수 있을까.

…

적절한 단어인지, 적당한 표현인지는 두 번째이다.

내부 검열자는 잠시 제쳐두자. 아직은 아니다.

완성된 문장 중, 가장 편하고 만만한 주제를 골라 마음대로 적어보자.

예를 들어 '글쓰기는 재능 있는 사람들이 하는 것이다'에 대해 어떤 생각이 떠올랐다면, 마음 가는 대로 마구 써 보자. 이런 식으로 말이다.

글쓰기는 재능 있는 사람들이 하는 것이다.

글은 아무나 쓰는 게 아니다.

어떻게 그런 표현을 할 수 있는지, 재능 있는 사람이 아니면 할 수 없다.

확실하지는 않지만 글쓰기도 재능이 있어야 할 것 같다.

글쓰기로 상을 받은 적도 없고, 주변에서 칭찬듣은 적도 없다.

그러니 글쓰기를 못하는 것이 분명하다.

그런데 자꾸 글 쓸 일이 많아져서 답답하다.

어제 기획안 마무리도 그랬다.

후배가 작성한 것에 몇 가지만 추가해서 올리면 되는 일이었는데도 너무 힘들었다.

지난번 일도 있고 해서 신경 써서 보고했는데, 내일 아침이 걱정이다.

자꾸 글 쓸 일이 늘어나서 걱정이다.

기획안부터 중간보고서, 결과 보고서, 요약 보고서까지.

정말 큰일이다.

다음 주에 교육 결과 보고서를 올려야 하는데, 어떻게 적으면 좋을지 걱정이다.

글쓰기가 직장생활 내내 졸졸졸 따라다닐 것 같아 두렵다.

처음 마인드맵(mind map)에서부터 마구 쓰기까지 살펴보았다.

마구 쓰기, 습관에 앞서 글쓰기 근육을 만드는 데 이만한 방법이 없다.

시간이 날 때마다 주제를 정해서 스스로에게 질문을 던져보자.

"그래서 너는 어떻게 생각해?"라고.

경험이 부족해서 '글쓰기'가 어렵게 느껴지는 것도 있겠지만, 자신의 생각을 정리해본 적이 없어 더 힘들 수 있다.

시간이 날 때마다 마구 써 보자.

글쓰기에 도움이 될 뿐만 아니라, 스스로의 생각을 점검하는 좋은 기회가 될 것이다.

마구 썼을 뿐인데, 생각보다 많은 것들이 정리되어 있을 것이다.

글쓰기는 자전거를 타는 것과 같다

글쓰기는 자전거를 배우는 방법과 같다.
자전거를 타는 방법을 머릿속에 넣고 있다고 해도 직접 자전거에 올라 페달을 굴리면서 배워야 하는 것처럼, 글쓰기도 그렇다.
직선은 물론이며, 곡선도 자유롭게 주행하고, 멋지게 코너를 돌아오고 싶지만, 넘어지지 않을까, 부딪치지 않을까 걱정하게 된다.
무엇보다 가장 중요한 것이 여기에 있다.
'처음인데, 어려운 게 당연하잖아. 연습하다 보면 나아지겠지'

균형이 잡히지 않을까 봐 걱정이 되어도 어느 정도 시간이 지나고 나면 발에 힘도 들어가고 페달에 속도가 붙기 마련이다. 속도가 붙는다는 것은, 수시로 자전거 위에 올라탄다는 의미이며, 그것은 곧 자전거 타기를 즐긴다는 뜻이다.

사실 배움에 즐거움이 필요하지만, 그 즐거움이 처음부터 생기기란 쉽지 않다.
처음부터 잘 쓰고 싶고, 완벽하게 쓰고 싶기에, 대부분 처음에는 '이게 말이 되는지', '누가 틀렸다고 말하면 어쩌지'라는 걱정을 먼저 하게 된다.
그런 걱정이 떠오를 때면, 자전거 배울 때를 떠올려보자.
'처음인데, 어려운 게 당연하잖아. 연습하다 보면 나아지겠지'

곧바로 떠오르는 생각이 없어 고민되겠지만, 어느 정도 시간이 지나고 나면 뇌가 달아오르고, 자판을 두드리는 손에도 힘이 들어갈 것이다. 뜬구름 같은 단어가 백지 위에 듬성듬성 구멍처럼 느껴지겠지만, 어느 순간 문장으로, 문단으로, 메시지로 나아가는 것을 경험하게 될 것이다.

글쓰기에 있어, 세 가지만 놓치지 않으면 누구나 글쓰기를 즐길 수 있다고 생각한다.
하나, 글쓰기를 안 해 봤으니, 어려운 게 당연하잖아.
둘, 처음부터 완벽한 글을 쓰겠다는 욕심은 내려놓자.
셋, 익숙해질 때까지 쓰고, 또 쓰자. 계속 쓰다 보면 나아지겠지.

어떤 일이든 처음은 어려운 법이다.
그리고 잘하려는 마음이 일을 망칠 경우도 많다.
글쓰기 근육조차 없던 사람에게 갑자기 기술이 생기지는 않는다.
자전거를 잘 타고 싶은 사람이 해야 할 일은 매일 자전거에 올라타 직선과 곡선, 코너를 돌아오는 연습을 하는 것이다.
수시로, 때때로, 생각날 때마다 자전거에 올라타 페달을 돌려야 한다.
글쓰기도 비슷하다.
글을 잘 쓰고 싶은 사람이 해야 할 일은 수시로 글쓰기를 시도하는 것이다.
수시로, 때때로, 생각날 때마다 스스로에게 묻고 대답해야 한다.

제목은 정해놓았는가?

「책장 속의 키워드」와 관련한 에피소드가 하나 있다.
원래 「살자, 한번 살아본 것처럼 아모르파티」가 먼저 출간됐어야 하는데, 실은 순서가 바뀌었다. 독서모임에서 함께 책을 읽어오는 동안, '책이 좋아졌어요'라고 말하는 사람들이 많아졌다. 한 명, 두 명, 그렇게 얘기해주는 사람이 늘어나면서 마음에 변화가 생겼다.
'책 이야기를 한 번 해 주고 싶다. 책을 좋아하게 해 주고 싶다'

마음은 급물살을 타기 시작했고, 많은 사람들이 같이 공감했던 책을 선정해 자료를 모으고 생각을 정리해나갔다. 조금씩 정리해 놓은 자료가 있으니 '쉽지 않을까'라고 생각하고 편하게 덤벼들었다.
하지만 완전히 오산이었다.

보통 책을 쓴다고 하면 제목(가제 포함), 목차, 전하고 싶은 한 줄 메시지까지 정리해 놓은 다음, 매일 일정한 양을 정해놓고 글을 써 내려간다. 예를 들어 하루에 한 꼭지나 혹은 두 꼭지, 아니면 A4 용지 2장 혹은 3장, 이렇게 말이다.
하지만 「책장 속의 키워드」는 사정이 달랐다.
작업을 완전히 반대로 했다.
'정리해놓은 글을 가지고 재배열하면 되겠지'라고 생각했는데, 두 배, 세 배의 힘이 들었다. 안되겠다 싶었다. 결국 다시 처음으로 돌아가,

제목(가제)과 목차를 정하고 그 순서에 따라 글을 재구성해나갔다.
왜 「책장 속의 키워드」가 등장했는지 궁금할 것이다.
이유는 간단하다. 제목과 목차의 중요성 때문이다.

제목은 글쓰기나 책 쓰기에 있어 절대적으로 중요하다. 물론 제목은 나중에 바뀌도 상관없다. 하지만 제목이 있는 상태에서의 글쓰기와 없는 상태에서의 글쓰기는 현저한 차이가 난다. 출항을 했는데, 바다 위에서 나침반이 있는 것과 없는 것의 차이이다.
제목은 제대로 가고 있는지, 방향에서 벗어났는지 확인해볼 수 있는 첫 번째 도구이다.
제목을 정해 놓고 글을 쓰면 '지금 무슨 이야기를 하고 있었지?', '의도했던 방향으로 가고 있는 걸까?'라는 의심이 생겼을 때, 빨리 길을 찾을 수 있게 된다.

뿐만 아니라, 필요 없는 단어나 문장을 두고 고민할 때도 좋은 기준이 되어준다.
'이 단어는 빼도 되겠네', '이 문장은 굳이 없어도 되겠어'와 같이 중대한 결론을 내리는 데 결정적인 도움을 준다.
누군가 말했다. '한 줄로 표현할 수 있어야 한다'라고.
한 줄로 표현한다는 것, 글의 메시지이며, 제목이다.
글을 쓰다가 꼬이면 맨 처음, 제목으로 돌아가자.
제목으로 돌아가 무엇을 쓰려고 했는지, 확인해보자.
글이 길을 잃지 않았는지 수시로 제목을 들여다보자.
좋은 나침반이 되어 줄 것이다

먼저 말해보고, 글로 옮겨 보자

보통은 글쓰기보다 말하기가 쉽다.

떠오르는 대로 말하는 것이, 떠오르는 대로 쓰기보다 쉽다.

글을 쓰려고 할 때, 떠오르는 것이 없다면 먼저 말로 표현해보자.

책을 읽고 난 후 소감이나 서평을 적는다고 가정했을 때, 어디서부터 어떻게 시작해야 할지 막막할 수 있다.

그때는 책을 손에 들고 떠오르는 대로 말을 해 보자.

한 번 말을 해 보는 것만으로도 글쓰기에 큰 도움이 된다.

예를 들어 이렇게 말이다.

> *이 책은 일단 크기가 작다.*
>
> *표지가 그렇게 눈에 띄지 않지만 이 책을 선택한 이유는 주위에서 책을 읽은 사람들이 추천해주었기 때문이다.*
>
> *책을 읽는 것은 어렵지 않았다.*
>
> *하지만 남자의 행동을 표현하는데, 어려운 단어가 나와서 몇 번이나 사전을 찾아봤다.*
>
> *사진이나 그림이 없어 좀 지루한 느낌도 있었다.*
>
> *내용은 이렇다.*
>
> *집안 대대로 부자였던 남자의 집에 어느 날 도둑이 들었다.*
>
> *잃어버린 것도, 없어진 것도 없었지만 거실 창문이 깨져 있는 것을 보고 그는 도둑이 들었다고 신고했다.*

파티에 초대된 손님들이 모두 돌아간 후, 집안을 둘러보던 남자는 처음 본 낯선 유리조각을 발견하게 되었고, 그것의 정체를 밝히기 위해 집안의 불을 모두 켰다.
바로 그때, 그 남자의 눈앞에 놀라운 일이 벌어졌다...

떠오르는 대로, 생각나는 대로 먼저 말해본 다음, 종이를 펼쳐놓고 글을 써보자.

이 책은 집안 대대로 부자였던 남자가 도둑이 들었다고 신고하면서 시작된다.
딱히 잃어버린 것은 없었지만, 창문은 깨져 있었고, 낯선 유리조각도 함께 발견되었다.
사실 책이 두꺼워 읽기 어렵지 않을까 걱정했는데, 생각만큼 어렵지는 않았다.
가끔 남자의 행동을 묘사하는 과정에서 나온 단어가 어려워 사전을 찾아보았다.
사진이나 그림이 없어 조금 아쉬웠지만 전체적으로 재미있었다.
생일파티가 끝난 후, 모든 손님이 돌아간 다음, 남자는 집안을 천천히 둘러보고 있었다. 그때, 그는 깨진 유리조각을 발견했고, 당황한 남자는 순식간에 집안의 모든 불을 켰다.
바로 그 순간, 남자의 눈앞에 놀라운 일이 벌어졌다...

또는 이렇게 시작할 수도 있을 것 같다.

사람마다 사건이 생겼을 때 보이는 행동은 모두 다르다. '별일 아닌 것'을 '별일인 것'처럼 행동하는 사람이 있는가 하면, '별일인 것'을 '별일 아닌 것'으로 넘기는 사람이 있다. 이 책의 남자 주인공은 전형적인 걱정파였다. 어떤 일이든 심각하게 해석했고, 무슨 일이든 '별일'로 만들어버렸다. 그런 그가 낯선 사람들을 파티에 초대했으니, 그로서는 대단한 결심을 한 것이다. 하지만 그도 알지 못했다. 그 일이 자신의 인생을 송두리째 바꾸는 계기가 될 거라는 것을. 한 남자의 인생을 바꾸게 만드는 이야기는 이렇게 시작된다...

'글로 표현해야 한다'라는 부담감이 자유로운 글쓰기를 방해할 수 있다.
글을 쓰기 전에 먼저 말로 얘기해보자.
어떤 느낌이 들었는지 말로 표현해보는 것이다.
자유롭게 말해본 다음, 제일 마음에 드는 생각이나 표현을 중심으로 글을 시작해보자. 줄거리가 생각나면 줄거리를, 주인공의 성격이 기억에 남으면 성격을, 혹은 가장 마음에 들었던 장면이 있으면 그것을 시작으로 자유롭게 써 내려가보자.
떠오르는 대로, 자유롭게 마구 써 내려가보자.

잊지 않았으면 좋겠다.
글쓰기는 '말'을 '문자'로 표현하는 것에 불과하다.
대단한 연구 자료를 보고하는 것이 아니라, 자신의 생각이나 느낌을 글로 표현하는 것이 전부라는 사실을 잊지 말자.

여섯 명의 정직한 하인을 모셔오자

고대 그리스의 헤르마고라스는 다른 사람을 설득하는 수사학으로 '누가, 무엇을, 언제, 어디서, 왜, 어떻게, 무슨 방법으로'를 가르쳤다고 한다. 이것이 우리가 알고 있는 '육하원칙'의 시작이라고 들었다. 또한 영국의 조지프 키플링은 동화 「코끼리 아이」에서 "W로 시작하는 몇 가지 질문에 대답을 할 수 있는 글을 써야 한다"라고 말하기도 했다.

"내게는 여섯 명의 정직한 하인이 있다.
그들의 이름은 무엇, 어디서, 언제, 어떻게, 왜, 누구이다"
I Keep six honest serving-men.
Their names are what and where and when and how and why and who.

전하고 싶은 메시지가 무엇인지 육하원칙을 통해 확인할 수 있다면, 기본적으로 이해하기 쉬운 좋은 글이 된다.
글쓰기가 어려울 때, 육하원칙을 떠올려보자.
예를 들어 이런 식으로.

누가 – 친정엄마가
언제 – 혼자 있는 시간 동안

어디에서 – 집에서

무엇을 – 글을

어떻게 – 써 내려가기 시작했다.

왜 – 지금까지 살아온 인생을 들여다보고 싶어서.

그런 다음, 여섯 명의 하인을 연결해 문장으로 완성해보자.

친정엄마가 집에서 혼자 있는 시간 동안, 지금까지 살아온 인생을 들여다보고 싶어서 글을 써 내려가기 시작했다.

문장을 완성한 다음, 앞뒤로 글을 바꿔보자.

친정엄마는 집에서 혼자 있는 시간 동안 지금까지 살아온 인생을 들여다보기 위해 글을 써 내려가기 시작했다.

살아온 인생을 들여다보고 싶었던 친정엄마는 집에서 혼자 있는 시간 동안, 글을 쓰기 시작했다.

친정엄마는 집에서 혼자 있는 시간 동안 글쓰기를 시작했다.

지금껏 살아온 인생을 들여다보고 싶어서.

육하원칙. 보통 문장을 구성하는 요소라고 생각하지만, 글을 전체적으로 완성하는 과정에서도 육하원칙을 많이 응용하고 있다. 하다못해 자기소개서를 작성할 때도 그렇다.

언제 어디에서 태어났으며, 지금까지 무슨 일을 어떻게 했으며, 왜 그 일을 해 왔는지를 자세히 나열한다. 공감이나 감동은 둘째치고,

최소한의 정확한 전달을 하기 위해서 말이다.

간결하면서도 비만하지 않은 글은 며칠 노력했다고 완성되지 않는다. 문장력이 좋은, 아름다운 표현을 노트에 옮겨 적어 놓았다고 자신의 것이 되지 않는다.

하지만 정확하고, 읽기 쉬운 글은 조금만 노력하면 닿을 수 있는 영역이다.

여섯 명의 하인과 함께 포기하지 않고 계속 걸어가면 누구나 어느 정도의 성과는 거둘 수 있다.

간결하면서도 비만하지 않은 글, 문장력이 좋은 아름다운 표현은 그 다음에 생각하자.

다시 읽고, 고쳐쓰기

마구 쓰기. 읽어 보기. 고쳐쓰기.

글쓰기의 삼총사들이다.
'사공이 많으면 배가 산으로 간다'라는 속담이 있다.
산으로 올라간 글을 바다로 데려오기 위해서는 삼총사가 힘을 모아야 한다.

앞서 여러 번 이야기한 것처럼 글쓰기의 시작은 '마구 쓰기'이다.
떠오르는 대로, 생각나는 대로 마구 써 내려가는 것이다.
그렇게 마구 쓰기를 한 다음 해야 할 일은, 마구 쓴 글을 천천히 읽어보는 일이다.
읽으면서 고칠 부분이 있는지, 없는지 찾아 고쳐쓰기를 해야 한다.
간단하게는 맞춤법이나 띄어쓰기에서부터 처음 의도에 맞게 글을 풀어냈는지, 소재는 적절했는지, 전체적인 관점에서 살펴봐야 한다.

예를 들어 '남편이 육아에 참여하지 않아 힘이 든다'라는 글을 쓴다고 가정해보자.
글의 의도는 '육아에 참여하지 않는 남편에게 육아의 어려움을 호소하고, 공감을 이끌어내어 육아에 동참하도록 하는 것'이라고 가정해보자.
떠오르는 대로, 생각나는 대로 마구 쓰기를 끝냈다면, 천천히 다시 읽으면서 고쳐나가야 한다.

의도에 맞게 글을 전개했는지, 전달하고 싶은 메시지를 정확하게 전달하고 있는지, 남편의 공감을 이끌어낼 문장이 있는지 살펴봐야 한다. 육아의 어려움을 호소한다는 것이 남편에 대한 하소연으로 끝나지 않았는지, 공감을 이끌어낸다는 것이 원망으로 끝나지는 않았는지 점검해봐야 한다. 의도는 고사하고, 원하는 것이 무엇인지도 모른 채 혼자만의 수다로 끝나지 않았는지 반드시 확인해봐야 한다.

전체적인 맥락에서 글을 고쳤다면, 그다음에는 맞춤법이나 띄어쓰기와 같은 디테일한 부분을 점검해봐야 한다.
아무리 문맥적으로 완성도가 높은 글이라고 해도 맞춤법에서 오류가 보이면 글에 대한 신뢰감은 떨어질 수밖에 없다. 애매한 단어에 대해서는 반드시 사전이나 인터넷 검색을 통해 의미를 점검해봐야 한다. 고쳐쓰기와 관련해서는 3장에서 좀 더 깊게 살펴보도록 하자.

처음에 쓰는 글은 누구나 서툴고 부족하다.
오죽하면 어니스트 헤밍웨이가 '모든 초고는 걸레다'라고 말했을까.
하지만 장담하건대, 다시 읽고 고쳐 쓰고, 다시 읽고 고쳐쓰기를 반복할수록 의미는 분명해지고, 글의 완성도는 높아진다. 수많은 단어의 조합이 아니라 의미를 확보한 문장을 통해 '무게감'이 아니라, '존재감'을 가지게 된다.
지루하게 느껴지는 과정을 반복할수록 글은 더욱 본질에 가까워진다.
잊지 말자. 본질에 가까워진다는 것, 곧 '자유로움'이다.

보통 나는 이렇게 글을 쓴다

"첫째, 자기가 무엇을 쓰는지 잊지 않아야 한다.

둘째, 주제와 목표를 잃어버리지 않아야 한다.

셋째, 단문으로 써라. 그러면 웬만큼은 글이 된다"

유시민 작가가 전하는 글쓰기 비법이다.

"누구나 글쓰기는 어렵다.

남들은 내 글에 크게 관심 없다.

글쓰기는 죽고 살 일이 아니다.

천하의 명문을 써야 하는 것도 아니다.

언젠가는 잘 써지는 순간이 온다.

글쓰기는 연습하면 된다"

강원국 작가가 글쓰기 전에 외우는 주문이라고 한다.

유시민 작가, 강원국 작가.

두 작가의 노하우를 빌려 글쓰기를 정의 내린다면, 이 정도 일 것 같다.

"글쓰기가 쉬운 사람은 없다.

누구나 글쓰기는 어렵다.

사실 다른 사람들은 내 글에 크게 관심 없다.

나만 착각할 뿐이다.

모든 사람들이 쳐다볼 거라고.

글쓰기를 못한다고 큰일 나지도 않는다.

마음 편하게 먹고 쓰면 된다.

쓰고 싶은 것에 집중하면서 자유롭게 쓰면 된다.

너무 잘하려고 애쓰지 말고, 쉽게 단문으로 쓰자.

제대로 된 단문이 어설픈 장문보다 낫다.

다른 많은 일처럼, 글쓰기도 계속 연습하면 분명 나아진다"

사람들은 글을 쓴다고 하면 특별한 재능이 있다고 믿는 것 같다.
간혹 특별한 재능으로 글을 써 내려가는 사람들이 있기는 하다.
'어디서 저런 생각이 나왔을까?'
'어떻게 저런 문장을 생각해냈을까?'
문장 하나로 온몸의 촉수를 돋아나게 하는 글을 쓰는 사람들이 있기는 하다.
마땅히 글쟁이라면 누구나 부러워하는 그런 사람들 말이다.

하지만 그러한 재능과 상관없이 모든 글쟁이들이 암묵적으로 동의하는 것이 있다.
'글쓰기가 체력전이다'라는 사실이다.
글쓰기는 철저하게 '엉덩이 힘'에서 완성된다.
'누가 얼마나 오래 버티느냐'가 결정적인 차이를 만들어낸다.
친구와 함께 커피숍에 앉아 이야기를 나누다가 노트북을 잠시 두드린다고 글이 완성되지 않는다. 한쪽 귀퉁이에 혼자 앉아 배에 힘을 주고, 엉덩이를 뒤로 밀어놓은 채, 치열하게 자판을 두드리는 과정에서 탄생된다.

글쓰기는 절대적으로 '시간의 힘'에 의지한다.

'글 써야지'라는 다짐의 시간도 별로 좋아하지 않는다. 오로지 손끝으로 뇌를 자극한 시간만을 신뢰한다. 생각을 자동으로 컴퓨터 자판으로 옮겨 주는 도구가 있다면 모를까. 언젠가는 만들어지겠지만, 아직은 불가능의 영역이다. 글쓰기는 종이 위에 쓰던가, 자판을 두드리든가, 두 가지 중의 하나이다.

운동선수들이 근육을 키우든, 기술을 익히든, 연습시간으로 결과를 만들어내는 것처럼 글쓰기도 많이 써보는 게 제일 중요하다. 하지만 늘 비슷한 대답이 재미없었던 걸까.

어느 날, 누군가 나에게 이런 질문을 해 왔다.

"작가님은 집에 있을 때 어떻게 글 쓰세요?"

"그냥 열심히 두드린다, 이런 이야기 말고요"

이번 장의 마무리는 그날의 대답으로 대신할까 한다.

여느 작가처럼 영업 비밀이라고 할 것도 없어, 나중에 '에이~'하는 소리나 듣지 않았으면 좋겠다.

컴퓨터를 켠다.

한글 프로그램을 연다.

미리 생각해둔 주제가 있는 경우, 일단 제목을 적어놓고, 마구 쓰기를 한다.

떠오르는 대로, 생각나는 대로 그냥 써 내려간다.

쓰다가 막히면 처음으로 돌아가 제목부터 다시 읽으면서 내려온다.

직접적인 연결성은 없지만, 괜찮은 표현이나 적당한 단어가 떠오르면 몇 줄 아래에 적어둔다.

그렇게 '올라갔다, 내려갔다'를 반복하면서 계속 써 내려간다.

어떤 식으로든, 많이 조잡해 보이더라도 글을 완성하기 위해 애쓰는 편이다.

(의도한 만큼의 글이 나올 때까지 무식하게 붙들고 있는 편이다.

하지만 아무리 애를 써도 도저히 글이 연결되지 않으면 며칠 미뤄두기도 한다.

그때는 아예 쳐다보지도 않는다)

마구 쓰기가 끝나면 처음으로 돌아가 제목부터 천천히 소리 내어 읽어본다.

낭독하면서 확인하고 점검한다.

주제에서 벗어나지 않았는지,

앞뒤 연결이 매끄러운지,

소리 내어 읽었을 때 호흡에 무리가 없는지,

가장 중요하다고 생각하는 문장이 있는지,

문장이 너무 길거나

혹은 짧은 것이 여러 번 반복되지는 않았는지.

불필요한 접속사, 부사나 형용사는 없는지 살펴본다.

애매하다 싶은 단어는 사전이나 인터넷 검색을 통해 확인한다.

의미 있는 문장을 활용해 제목을 수정하거나 변경하기도 한다.

마지막으로 띄어쓰기와 맞춤법을 점검한다.

제3장

공감하는 글쓰기

미루겠다는 것은 쓰지 않겠다는 것이다

– 테드 쿠저

잘 읽히는 글이 좋은 글이다

읽었을 때, '잘 읽히는 글'이 좋은 글이다.
사실 이번 글쓰기 책의 경우 이미 오래전에 초고를 완성했었다.
'조금만 퇴고하면 되겠어'라고 편하게 마음먹고 있었는데, 오산이었다. 퇴고를 거듭하는 동안, '도저히 이대로는 안 되겠는데'라는 생각이 끊임없이 나를 괴롭혔다.

어떻게든 버텨볼까 했지만, 도저히 안 될 것 같았다. 결국 처음으로 돌아갔고, 목차부터 다시 써내려왔다. 돌이켜 생각해보면 많이 힘들었지만, 다시 되돌아간 것을 결코 후회하지 않는다.
만약 그대로 마무리했다면, 평생 후회로 남았을 것 같다.
그렇다면 왜 다시 처음으로 되돌아갔는지 궁금할 것 같은데, 이유는 간단하다.
'잘 읽히는 글'이 아니었다.
'친절한 글'이 아니었다.

종종 책을 읽다가 답답함을 느낄 때가 있다.
보통은 배경지식이 부족해 이해가 안 되는 경우가 많은데, 그때는 방법이 없다. 무지함을 확인하면서 배우는 마음으로 천천히 읽어나가는 수밖에 없다. 하지만 '무지'의 문제가 아닌 경우도 있다. 좋은 명언이나 멋진 표현으로 가득한데 도대체 무슨 말을 하고 싶은 건지 이해가 안 된다거나, 간결함이 지나쳐 의미 파악이 어려운 경우가 있다.
쉽게 설명할 수 있는 것을 굳이 어렵게 풀어놓은 느낌이라고나 할까.
의도적인 구성이라기보다는 설익은 느낌이 들 때가 있다.
'독자를 위한 글'이 아니라 '글쓴이를 위한 글'이라는 생각과 함께 말이다.
이번 글쓰기 원고가 딱 그런 느낌이었다.

몇 번 손을 거치면 나아질 줄 알았는데, 애매한 표현과 지나친 간결함이 불편했다.
글을 쓰고 싶은 사람들을 위한 원고인데, '글을 쓰고 싶다' 혹은 '나도 글을 쓸 수 있어'라는 마음이 나조차도 생기지 않았다.
그러니까 이런 느낌이었다.
'무슨 이야기인지는 알겠는데, 쉽게 감이 오지 않는다'
'잘 읽히는 글이 아니라, 오히려 고민하게 만드는 느낌이다'
'너무 간결하게 표현해서 의미 파악이 어렵다'
'사례가 있으면 더 좋을 것 같다'

저자가 아니라 독자의 입장에서 갈증이 느껴졌고, 갈증은 결국 전면 수정을 불러왔다.
사례를 중심으로 전체적으로 '친절한 글'이 될 수 있도록 글의 방향을 수정했다.
솔직히 고백하면 글쓰기 전문가들이 워낙 많은 까닭에, 고민이 많았던 게 사실이다.

하지만, '차별화란 결국 자신의 스타일을 밝히는 것이다'라는 생각에 용기 내어, 글쓰기에 있어 중요하다고 생각되는 것을 정리해보았다.

아무리 좋은 메시지를 담았다고 하더라도, 읽는 사람이 이해하지 못하면 소용없는 일이다.
잘 읽히는 글이 좋은 글이다.
'글쓴이를 위한 글'이 아니라 '독자를 위한 글'이 진짜 좋은 글이다.
글쓰기 책을 수정하는 내내 머릿속에서 떠나지 않았던 문장들이다.

평소에 생각을 정리해두자

보통 글을 쓸 때 절차적인 관점에서 두 가지 어려움을 호소한다.
어떻게 써야 할지 모르겠다.
무슨 말을 해야 할지 모르겠다.

글을 쓰다 보면 자신의 경험을 들여다보는 경우가 많다. 자신의 경험과 그 경험이 자신에게 어떤 의미를 주었는지 생각해볼 기회도 많다. 그래서 '나는 이런 경험을 했다. 그래서 이렇게 생각하게 되었다'라고 써 내려가면 되는데, 그게 쉽지 않다고 말한다.

그러면서 질문을 이어간다.
"쉬운 얘기, 내 이야기인데, 왜 안 써질까요?"
"무슨 말을 어떻게 써야 할지 모르겠는데요"
여러 이유가 있겠지만, 지극히 경험론적인 관점에서 나의 생각은 이렇다.
생각을 입으로 표현한 것이 '말'이고, 생각을 손으로 표현한 것이 '글'이다. 생각을 표현해본 경험이 별로 없다는 것, 생각 정리를 해본 적이 없다는 것, 이것이 글쓰기가 어려운 이유라고 생각한다.

간혹 말을 하면서 생각 정리가 동시에 일어나는 경우도 있지만, 보통은 말하기 전에 생각 정리가 먼저다. 글쓰기도 마찬가지다. 미루 쓰다 보면 스스로 정리되는 경우도 있지만, 글을 쓰기 전에 '어떻게 써야지'라고 얼개를 짜고 시작하는 경우가 더 많다. 곧 이 말은 평소 생각을 자주 들여다보지 않는다면, 경험에 대한 재구성을 즐기지 않는다면, 글쓰기가 어려울 수밖에 없다는 얘기도 된다.

예를 들어 '가족'에 대해 글을 쓴다고 가정해보자.
'가족이란 무엇인지 자신의 생각을 정리해보세요'라는 주제로 글을 쓴다고 가정해보자.
평소에 가족이란 무엇인지, 가족은 서로에게 어떤 존재인지, '만약 가족이 없었다면 어떠했을까'와 같은 질문으로 가족에 대한 느낌이나 생각을 정리해둔 사람이라면 쉽고 편하게 글을 써 내려갈 수 있다.

 # 가족은 내게 힘을 주는 사람들이다.
좋은 일이든, 나쁜 일이든 가장 먼저 얘기하고 싶어진다.

 # 엄격한 집안 분위기, 대단한 학벌을 자랑하는 언니, 오빠들.
그 사이에서 나는 늘 주눅이 들었다. 그래서 일부러 기숙사가 있는 학교를 선택했다. 하지만 첫날 기숙사에서 혼자 잠을 자는데, 얼마나 울었는지 모른다.

 # 가족을 생각하면 눈물이 난다.
아침에 일어나 부모님 얼굴을 본 적이 없었다. 바쁘게 일터를 향하는 부모님을 대신해 두 동생은 언제나 나의 몫이었다.
언니인지, 엄마인지 나조차도 헷갈렸다.

 # 나는 부모에게 불필요한 존재였다.

부모를 힘들게 하는 또 하나의 이유에 불과했다. 부모가 미웠다.

그래서 두 분의 장례식 날에도 울지 않았다. 지독하다는 소리를 들으면서도.

하지만 이유를 알 수 없지만, 얼마 전부터 자꾸 눈물이 난다.

엄마를 생각하면, 아빠를 생각하면.

나이가 들어서일까. 눈물이 많아졌다.

하지만 글의 주제가 '가족'이 아니라 '글쓰기는 사람의 마음을 치유하는데 도움이 되는가'라고 한다면 얘기는 달라진다.

평소에 글쓰기를 경험해보지 않았다면, 글쓰기에 대한 생각이나 느낌을 정리해 본 적이 없다면, '마음이 치유된다는 것은 이런 것이다'라는 감정적 정의가 확립되어 있지 않다면, 주제는 어려울 수밖에 없다. 생각이 틀릴까 봐, 누군가의 지적을 받을까 봐 걱정하는 것은 둘째치고, 어떻게 시작해야 할지부터 막막하다.

자신의 생각이 무엇인지 알아야 글을 쓸 수 있다.

자신의 생각을 정리해보는 연습이 필요하다.

노트도 좋고, 핸드폰이나 메모장도 괜찮다.

떠오르는 주제나 단어가 있다면, 그에 대한 자신의 생각을 정리해두자.

왜 그렇게 생각하는지, 무엇 때문에 그런 생각을 가지게 되었는지 함께 적어보자.

그리고 시간이 생길 때마다 들춰보면서 스스로에게 질문을 던져보자.

'지금도 생각에 변함이 없는지.
나의 의견에 오류는 없는지.
다른 관점에서의 해석을 애써 부정하고 있는 것은 아닌지.
특수한 경험을 일반화시킨 것은 아닌지'

글쓰기를 떠나 자신의 생각주머니를 다지는 데, 큰 도움이 될 것이다. 또한 삶에 도움이 되는 질문과 대답을 통해 스스로 단단해지는 느낌도 함께 얻게 될 것이다.

하나의 글에는 하나의 메시지만 전달하자

기획에서부터 원고 쓰고 책으로 출간할 때까지, 머릿속을 떠나지 않는 질문이 있다.
처음부터 끝까지 한 방향으로 써 내려갔는가?

수박 겉핥기만 한 것은 아닌지, 길이 삼천포로 빠지지는 않았는지, 불필요하고 거추장스러운 내용이 본질을 가리지는 않았는지, 따지고 또 따지게 된다.
"인생은 속도가 아니라, 방향이다"라는 말은 글쓰기에도 유효한 얘기다. 글쓰기도 속도가 아니라, 방향이다.

'독서의 중요성'에 대해 글을 쓴다고 가정해보자.
'독서를 꼭 해야 하는가'라는 질문으로 글을 시작할 수 있다. 그런 다음, 독서를 통해 성과를 이룬 사람들을 소개하고 독서의 장점, 중요성과 필요성을 설명한 다음, '지금부터라도 독서를 해야 한다' 혹은 '독서는 맛있는 밥을 먹는 것과 같다'라는 기억에 남을 만한 메시지로 마무리할 수 있다.
주제와의 일관성을 유지하면서 자신이 전하고 싶은 메시지를 전달하면 되는 것이다. 하지만 글을 쓰다 보면 한꺼번에 많은 생각이 동시에 떠오를 때가 있다.

독서의 중요성에 대해 써 내려가다가 토론이나 논술로 넘어가는 경우도 있고, 독서가 절대적인 성공의 조건으로 마무리되는 경우도 있다. 전혀 관계없는 것은 아니지만, 의도와 다른 메시지로 마무리될 확률이 없지 않다.

독서의 중요성이 목표였다면, 그에 맞추어 마무리 지을 수 있도록 노력해야 한다. 너무 잘 전달하려고 애쓰다가 오히려 글이 옆으로 새는 경우가 많으니, 특히 조심해야 한다.

한 편의 글에는 하나의 메시지만 정확하게 전달하도록 노력하자.
처음부터 쉽지 않겠지만 너무 걱정할 필요는 없다.
우리에게는 글쓰기 삼총사가 있지 않은가.
마구 쓰기, 다시 읽기, 고쳐쓰기.
마음이 가는 대로, 생각의 힘을 믿고 마구 쓰자.
그다음 다시 읽으면서 하나씩 고쳐나가자.
하나의 메시지를 제대로 전달하고 있는지,
불필요한 곁가지가 너무 많지 않은지, 천천히 읽으면서 고쳐나가자.

짧은 검으로 여러 번 휘두르기

글쓰기 시간에 짧게는 15분, 길게는 30분 정도 글쓰기 훈련을 한다.
글쓰기에 대한 마음가짐, 글쓰기에 도움이 될 만한 자료나 동영상을
보여준 다음, 주제나 키워드를 정해주고 글을 쓰게 한다.
그러면서 함께 주문한다.
"단문으로 쓰세요"

공저 쓰기를 진행할 때의 일이다.
상대방과 글을 바꿔 읽는데 여기저기 이런 이야기가 새어 나왔다.
"그러니까, 이건 옆집 여자가 그랬다는 얘기죠?"
"친구가 한 말이 아니고, 자기가 한 말이죠?"
"어릴 때가 아니라, 지금이라는 얘기죠?"
"앞에는 엄마고, 지금은 할머니 이야기죠?"
여러 이유가 있지만, 장문으로 쓴 글에서 종종 나타나는 현상이다.

자세하게 설명한다고 풀어쓴 글이 혼란을 만들어 낸 것인데, 세심함이 지나쳐 자신도 모르는 사이에 주어를 바꾸고, 동사 또한 자유롭게 과거와 현재를 넘나들게 한 것이다. 결코 장문이 나쁘다는 얘기가 아니다. 정말 문장력 좋은 작가들은 단문과 장문을 뒤섞어가면서 맛있게 글을 쓴다. 하지만 처음부터 그렇게 해내기란 쉽지 않다. 다시 말해, 장문은 약간의 기술이 필요하다는 얘기이다.

단문이 너무 간결하게 적어 '금방 이해가 안 되었어요'라는 소리를 들은 적은 있어도, '혼란스럽다'라는 얘기는 듣지 못했다. 적어도 읽었을 때 금방 이해가 되는 글을 써야 한다.

글은 암호가 아니다.
글은 특수한 사람들을 위한 것이 아니다.
특수성이 아니라 보편성을 기반으로 쉽게 읽히도록 써야 한다.
그런 측면에서 장문 쓰기보다는 단문 쓰기를 권하고 싶다.
장문에 비해 읽기도 쉽고, 간결하고 명료해서 이해가 빠르다.
깊이 있는 표현을 통한 화려함은 부족할 수 있지만, 속도감이 있어 글이 지루하지 않다.

단문의 속도감과 긴장감을 유지하면서 장문을 쓸 수 있으면 좋겠지만, 거기에는 조금의 시간이 더 필요하다. 글쓰기가 아직 익숙하지 않다면, 특히 장문에서 종종 길을 잃는 사람이라면, 단문 쓰기를 적극 추천한다.
적어도 무슨 말을 하고 싶은지 상대에게 전달되어야 한다.
멋진 표현으로 가득한데, 무슨 말을 하고 싶은지 이해가 안 된다고 하면, 그것만큼 억울한 일이 없다.

익숙하지도 않은 긴 검을 휘두르다가 오히려 자신이 베일 수 있다.
차라리 짧은 검으로 여러 번 열심히 휘두르는 것이 훨씬 효과적이라고 나는 생각한다.

꽃으로 시작해도 좋고,
칼로 시작해도 좋다

"꽃으로 시작해도 좋고, 칼로 시작해도 좋다"
첫 문장과 관련해 자주 사용하는 표현이다.
힘들게 노력해서 글을 썼는데 아무도 읽어주지 않는다면, 정말 안타까운 일이다. 밤새워 쓴 글을 읽을 수 있도록 유혹하는 임무가 주어진 곳, 바로 '첫 문장'이다.
사실 '읽히는 글'의 생존은 첫 문장에 달려있다고 해도 과언이 아니다. 첫문장에 글의 생사(生死)가 달려있다.

아버지와 어머니는 열일곱에 나를 가졌다.
올해 나는 열일곱이 되었다.

소설 「두근두근 내 인생」의 프롤로그 첫 문장이다.

벌써 경직이 시작된 모양이다.
옆으로 누운 그를 똑바로 눕힌다.
온몸이 바싹 말아서 마치 육탈이 끝난 뼈를 만지는 것 같다.

박범신의 소설 「당신」은 이렇게 시작한다.
그렇다면 소설이 아닌 다른 분야의 책은 어떨까.

한 사회에서 경제활동인구의 20퍼센트가
5년 사이에 한꺼번에 은퇴한다면
그 사회는 무슨 일이 벌어질까?
다섯 명중의 한 명 꼴로 실업자가 된다면.

KBS 명견만리 제작팀의 「명견만리-인구」의 시작이다.

얼마 전 고등학교 3학년 남학생이 성적 때문에
자신을 괴롭힌 엄마를 죽인 사건이 있었다.
아이가 매를 견디다 못해 엄마의 목을 조르자
엄마는 아이에게 이렇게 말했다고 한다.

부모 교육서 「대한민국 부모」의 출발 또한, 만만하지 않다.

이들의 공통점은 단 한 가지이다.
시선을 잡아당긴다는 사실이다.
호흡을 멈추게 만들고, 다음에 어떤 문장이 나올지 호기심을 자극한다.
이것이 첫 문장의 위력이다.
인상적인 메시지나 의미심장한 멘트로 시작해도 좋다.
단도직입적으로 돌직구를 날려도 괜찮다.
호기심을 이끌어내어 공들여 작성한 글을 읽을 수 있도록 해야 한다.
하지만 첫 문장도 처음부터 완벽하게 나오기란 결코 쉬운 일이 아니다.
첫 문장 역시 쓰고 난 다음, 다시 읽고 고쳐 쓰면서 계속 수정해야 한다.

첫 문장이 중요한 것은 사실이지만, '처음부터 첫 문장을 멋지게 써야 한다'라고 해석하지 않았으면 좋겠다. 첫 문장도 연습이 필요하다.

첫 문장은 이렇게 정의 내리면 가장 좋을 것 같다.
"가장 먼저 쓰고 가장 마지막까지 고민해야 하는 문장이 첫 문장이다" 라고.

퇴고, 모든 초고는 걸레다

고쳐쓰기 혹은, 퇴고.

글쓰기에서 절대 빠질 수 없는 부분이다.

다시 읽기와 고쳐쓰기에 대해 여러 번 강조했지만, 마지막으로 한 번만 더 얘기해볼까 한다.

예전에 학교 다닐 때 배웠던 퇴고의 3원칙을 기억할 것이다.

삭제의 원칙.

부가의 원칙.

재구성의 원칙.

삭제의 원칙은 글자 그대로 불필요한 부분 즉, 중복되거나 내용의 흐름에 방해되는 것을 삭제하여 글의 속도감을 높이는 것에 목적이 있다. 부가의 원칙은 빠진 것이나 부족한 것을 보완해 글의 완성도를 높이는 것이 목적이며, 재구성의 원칙은 전체적으로 살펴보면서 글의 전개에 변화를 주거나 전달 효과를 높일 수 있도록 구조를 개편하는 것이 목적이다.

삭제, 부가, 재구성.

"글쓰기도 어려운데, 꼭 퇴고까지 해야 하나요?"

충분히 나올 수 있는 질문이다.

고쳐쓰기나 퇴고는 하지 않고 마구 쓰기만 하겠다는 사람이 있을 징

도였으니까.

그 질문의 대답은 어니스트 헤밍웨이의 명언으로 대신할까 한다.

"모든 초고는 걸레다"

솔직히 개인적으로, 몇 시간 고생해서 쓴 글을 '걸레'라고 표현하고 싶지는 않다. 그의 표현대로라면 매일 나는 한, 두 시간씩 걸레를 쓰고 있다는 얘기가 되는 셈이니까. 그럼에도 불구하고 퇴고에 많은 시간을 들이는 이유는, 그의 말을 적당히 동의하는 이유는, '퇴고의 힘'을 인정하기 때문이다. 삭제, 부가, 재구성이라는 표현이 다소 어렵게 느껴질 수도 있을 것 같은데, 이렇게 생각해보면 좋을 것 같다.

> ***퇴고는 전체적인 흐름을 살펴본 다음, 세부적으로 한 번 더 점검해보는 것이다.***
> ***퇴고는 몇 가지 퇴고 체크리스트를 정해놓고***
> ***글이 완성된 후, 천천히 다시 읽으면서 확인해보는 것이다.***

첫 문장에 호기심이 생기는가.

글의 전개가 너무 지루하지는 않은가.

주장에 대해 다양한 근거 자료를 포함하고 있는가.

불필요하거나 과장된 내용은 없는가.

의도가 정확하고 일관성 있게 전달되고 있는가.

서론과 본론, 본론과 결론이 서로 다른 메시지를 전하고 있지는 않은가.

문장의 길이는 적당한가.

문단의 길이는 적절한가.

동사의 시제는 일치하는가.

부사나 형용사로 복잡한 문장을 만들지는 않았는가.

삭제해도 되는 단어나 문장은 없는가.

마지막으로 문장부호나 맞춤법은 틀린 것이 없는가.

개인적으로 정해놓은 퇴고 체크리스트이다.

퇴고는 자신이 쓴 글을 반복적으로 읽는 작업이다.

읽어보고 수정하고, 읽어보고 수정하고 또 읽어보고 수정하는 것이 전부다.

"퇴고는 새로운 창작이다"라는 말은 그냥 하는 말이 아니다.

퇴고는 결코 만만한 작업이 아니다. 하지만 퇴고를 통해 거듭난 글은 그렇지 않은 글보다는 훨씬 완성도가 높다.

글에 대한 만족도도 확실히 높다.

잊지 말자.

"모든 초고는 걸레다"라는 말을.

"잘 쓴 글은 잘 고친 글이다"라는 말도 함께.

퇴고 또한, 디테일이 생명이다

"쉽고 간결하게 수정하세요.
단문을 통해 글의 생동감을 높여주세요"
글쓰기, 특히 퇴고를 진행할 때 주문사항이다. 이미 글쓰기 훈련을 통해 글쓰기에 자신감이 붙었음에도, '퇴고는 어려워요'라는 하소연은 끊이지 않는다.

"이건 수정이 아니라, 다시 쓰는 것 같아요"
"어느 글을 지우는 게 좋을까요?"
"왜 제 글은 고쳐도 차이가 안 날까요?"
몇 가지 사례를 덧붙여주곤 하는데, 여기서 잠깐 그 얘기를 할까 한다.

가장 먼저, 접속사를 조심해야 한다.
접속사라고 하면, '그리고, 그래서, 그러나, 하지만, 때문에, 또는'과 같이 단어와 단어, 단어와 문장, 문장과 문장을 이어주는 역할을 하는데, 접속사가 글을 방해할 때가 많다.

오랜만에 친구를 만났다. 그래서 우리는 커피숍에 들어가 이야기를 나눴다. 하지만 10분쯤 지났을까. 옆자리에 앉은 사람들 때문에 도저히 이야기에 집중할 수 없었다.

오랜만에 친구를 만났다. 우리는 커피숍에 들어가 이야기를 나눴다. 10분쯤 지났을까. 옆자리에 앉은 사람들 때문에 도저히 이야기에 집중할 수 없었다.

접속사를 빼도 무리가 없을뿐더러, 접속사를 빼기만 했는데, 글에 속도감이 느껴진다.
첫 번째 글이 문법적인 접근에서 틀린 문장은 아니다. 하지만 평소 말하듯이 글을 쓰다 보니, 접속사가 많아지는 게 사실이다. 완성된 글을 다시 천천히 읽어 보면서 '혼자 말하는 글'이 아니라 '잘 읽히는 글'인지 점검해봐야 한다.

둘째, 부사를 조심해야 한다.

그는 매우 신중하고, 아주 꼼꼼한 사람으로 약간의 오차도 절대 허용하지 않았다.
그에게 가장 중요한 것은 승진이었다. 승진을 위해 그는 아주 늦은 시간까지의 야근도, 매우 이른 아침의 조기 출근도 문제가 아니었다.

그는 신중하고 꼼꼼한 성격으로 약간의 오차도 허용하지 않는 사람이었다.
그에게 중요한 것은 승진이었다. 승진을 위해 늦은 시간까지의 야근도, 이른 아침의 조기 출근도 문제가 아니었다.

부사는 동사나, 다른 부사, 혹은 문장 전체를 꾸며주는 역할을 한다. 부사뿐만 아니라 형용사의 역할도 비슷하다. 그 둘 모두 더 빠르고 정확한 의미 전달을 위해 사용되는데, 간혹 불필요한 부사의 반복이 문장 전체의 힘을 빠지게 할 때가 있다. 있어도 되고, 없어도 되는, 그래서 의미 전달에 문제가 없는 부사라면, 과감하게 제거하자.

셋째, 복잡하고 어려운 문장은 읽기 쉽고, 간결한 단문으로 바꿔줘야 한다.

우리나라 성인 인구가 1년 동안 책을 9권밖에 읽지 않는다는 2015년의 독서 실태조사를 통해 우리나라 성인 인구의 독서량이 심각한 수준에 이르렀음을 알 수 있다.

복잡하고 어려운 문장으로 시작해 무리하게 동사와 연결시키고 있다. 사정이 그렇다 보니, 문장은 자연스럽게 길어졌고, 정확하게 끊어서 읽지 않으면 의미 전달 또한 쉽지 않다. 1년 동안 책을 9권밖에 읽지 않는다는 독서 실태조사 결과를 전달하려는 것인지, 우리나라 성인인구의 독서량이 심각하다는 메시지를 전달하고 싶은지 혼동이 생긴다. 이럴 때는 장문이 아니라 단문으로 의미 전달이 쉽게 이뤄질 수 있도록 바꿔보자.

2015년 독서 실태조사에서 우리나라 성인 인구가 1년 동안 책을 9권밖에 읽지 않는다고 한다. 이 조사를 통해 성인 인구의 독서량이 심각한 수준에 이르렀음을 알 수 있다.

장문에 복잡하고 읽기 어려운 글은 단문에 잘 읽히는 글로 바꿔 주자.
혼자 쓰고, 혼자 성찰하는 일기라면 모를까, 단 한 명이라도 독자가 있는 글이라면, 최대한 쉽고 간결하게 고쳐 쓰자.

끝으로 오타와 맞춤법에 주의해야 한다.
정말 '당연히'라고 생각하는 단어나 문장에 오타가 생기고, 맞춤법이 틀리는 경우가 많다.
부끄러운 고백이지만, 「살자, 한번 살아본 것처럼 아모르파티」에도 오타가 있다.
'서로의 그늘에서는'을 '서로의 그들에서는'이라고 최종 교정본을 넘겼고, 그대로 인쇄되어 세상과 만났다. 의도적인 부분을 제외하고는 맞춤법이나 오타에 여느 때보다 마음을 쏟았는데, 그럼에도 불구하고 오타가 생겨 많이 안타까웠다.
'당연히'를 조심해야 한다고 버릇처럼 말해왔는데, '당연히'에 또 당하고 말았다.

맞춤법의 경우도 사정은 똑같다.
역시 '당연히'를 조심해야 한다. 특히 말로 구분되지 않는 단어들, 그런 단어를 신경 써야 한다. 정확한 곳에 정확한 단어를 쓰기 위해 노력해야 한다. 예를 들어 몇 가지를 살펴보자.

그는 손가락으로 북쪽을 가리켰다.
엄마는 아들에게 한글을 가르쳤다.

선생님은 양쪽으로 엿가락을 늘였다.

그 학교는 해마다 쉬는 시간을 늘렸다.

마당 돌담 너머, 초록 지붕이 그의 집이다.

관람객 수가 천만을 넘어, 2천만을 향하고 있다.

비슷해서 혼동하기 쉬운 동사는 사전이나 사이트 국립 국어원, 혹은 한글맞춤법/문법 검사기를 통해 확인해보자. 하다못해 네이버를 통해서라도 점검해보자.

그리고 동사의 경우 다양한 표현으로 적절하게 바꿔 사용하자. 글이 훨씬 맛깔스러워진다.

이번 책에 유난히 많이 사용된 동사가 '두루두루 살펴보다'라는 의미의 '살피다'인데, 반복적인 표현을 줄이기 위해 비슷한 뜻의 다른 동사를 많이 활용했다.

살피다.

확인하다

점검하다.

유의하다

들여다보다.

생각하다.

조심하다.

…

간혹 문장력을 갖춘 글이 나올 때도 있다. 하지만 보통 처음에는 주어와 서술어가 맞아떨어지지 않고, 접속사, 부사 혹은 형용사가 흐름을 방해하는 경우가 많다. 그런 경우 읽는데 무리는 없지만, 지루함을 피할 수 없다. 쓰고, 고치고, 다시 쓰기. 이 모든 과정을 수시로 반복해야 한다. 그래야 나아진다. 적어도 글쓰기는 그렇다.

'처음부터 완벽한 글을 쓰겠다'라는 욕심을 내려놓자.
'먼저 쓰고, 뒤에 고친다'라는 마음으로 글을 써 내려가자.
쓰고 난 후에, 전체적인 흐름과 세밀한 부분을 살펴보자.
놓치지 말자.
실제 글쓰기 실력이 향상되는 부분은 바로 이 지점이다.
알고 있던 것이 명확해지고, 알지 못했던 것을 새롭게 알게 되는 학습(學習)의 장소가 이곳이다.
다시 말하면, 곧 여기까지 경험해야, '진짜 글쓰기를 했다'가 되는 것이다.

멋지게 꾸미는 것이 '묘사'가 아니다

묘사, 글쓰기에서 빠질 수 없다.

하지만 보통 '묘사'를 얘기하면, '멋지게 꾸미는 것'으로 생각하는 사람들이 많다.

'묘사'의 사전적 정의는 꾸밈을 얘기하지 않는다. 묘사란 어떤 대상이나 사물, 현상 따위를 언어로 서술하거나 그림을 그려서 표현하는 것이라고 정의되어 있다. 다시 말해 아름답게 포장하는 것이 아니라, 감정이나 생각을 언어로 표현해내는 것을 의미한다. 자연스럽게 정확한 의미가 전달될 수 있도록 구체적이고 감각적인 단어를 사용해서 말이다.

왼쪽 어금니가 많이 아프다.

그런데 알사탕을 먹다가 어금니에 부딪쳤다.

정말 아팠다.

무슨 말을 하고 싶은지 금방 알 수 있다.

의미 전달에도 어려움이 없다.

어금니가 많이 아프다는 메시지도 금방 알 수 있다. 하지만 똑같은 메시지를 이렇게 바꿔보면 어떨까.

입안을 굴러다니던 알사탕이 왼쪽 어금니와 부딪치는 순간,
온몸을 저려오는 통증에 절로 눈물이 났다.
입안으로 가시가 돋아나는 느낌이었다.

'아프다'라는 말을 한 번도 하지 않고, 왼쪽 어금니의 아픔을 표현하고 있다. '아프다'라는 단어의 반복이 아니라, 감각적인 표현으로 '아프다'라는 단어를 대신하고 있다.

이와 같이 묘사는 상황 묘사뿐만 아니라, 인물을 묘사할 때도 자주 사용된다.

내가 그의 머리카락과 체격으로 미루어 짐작했던 것처럼 그의 모습은 어둡지도, 비쩍 마르지도, 보통도 아니었다. 그의 얼굴은 둥글고 유쾌했으며 들창코와 커다란 입에, 파랗고 둥근, 반짝거리는 두 눈을 하고 있었다. 그의 턱과 목은 낡아빠진 천과 같았다. 그의 눈썹과 긴 속눈썹, 얼굴 아랫부분을 거의 다 감싼 수염에는 눈이 얼어붙어 있어서 완전히 하얗게 보였다.
–「톨스토이 단편선(레프 톨스토이)」중에서

묘사에는 특별한 힘이 숨어있다.
바로 '상상력'이다.
인물의 외모를 구체적으로 적고, 감각적으로 표현하여 읽는 사람으로 하여금 저절로 그림을 그리게 만든다. 그런 묘사의 위력을 알고 나면 곧 따라 나오는 질문이 있다.

"어떻게 하면 묘사를 잘 할 수 있나요?"
사실 정확하게 '이것입니다'라고 말하기 어려운 것이 '묘사'이다.
다만 학창시절에 배웠던 '수사법'이 묘사에 도움이 되는 것 같아 조금 정리해볼까 한다.
'수사법'은 글의 뜻을 정확하게 전달하기 위한 방법으로, 익히 알고 있는 직유법, 은유법, 의인법, 활유법, 풍유법과 같은 비유법이 여기에 해당한다. 비유법 외에 강조법이나 변화법 등도 있으니, 필요한 경우 참고하면 좋을 것 같다.

직유법.
직유법은 가장 익숙한 비유법이다.
'마치, 같이,처럼, 듯'을 단어와 직접 연결해서 사용하는 방법이다.
'꽃처럼 예쁜 아기' 혹은, '손이 마치 얼음장처럼 차가웠다'와 같은 문장이 예가 될 수 있겠다.

은유법.
은유법은 상세하기 설명하기보다는 'A는 B이다'처럼 직접 연결하지 않으면서, 속뜻을 전하는 방법이다. '내 마음은 호수요' 혹은, 피천득 선생님의 '수필은 난이요, 학이요, 청초하고 몸맵시 날렵한 여인이다'가 대표적인 예이다.
익숙하지 않은 것들을 연결하는 것에서 오는 신선함, 은유법의 치명적인 매력이다.

비슷하면서도 약간 다른 활유법과 의인법.

의인법이 '꽃들이 일어나 춤을 춘다'처럼 사람이 아닌 것을 사람처럼 표현하는 방법이라면, 활유법은 '거센 파도가 바위를 끌어안았다'처럼 무생물을 생물처럼 표현하는 방법을 말한다.

풍유법은 '빈 수레가 요란하다고 하더니, 딱 그 모습이었다'처럼 속담이나 격언으로 속마음을 대신 표현하는 것을 말한다. 이 외에도 뜻을 강조하기 위해 과장하거나 반복, 열거하는 경우도 있고, 서로 다른 두 개를 비교하거나, 말의 순서를 바꾸는 수사법도 있다.

수사법.
'묘사를 잘하는 방법'이라고 정의 내릴 수는 없지만, 구체적이면서 동시에 자연스럽게 의미를 전달하는 데 효과적인 방법이다.
한 문장씩 연습해보자.
한 편의 글에 한 문장씩, 마음에 드는 수사법을 골라 연습해보자.
수사법 실력이 늘어나든, 묘사가 쉬워지든, 둘 중 하나에는 분명 도움이 될 것이다.

지루함보다는 간결함을 선택하자

글쓰기 시간에 '어떻게 써야 할지 모르겠어요'라는 분도 있지만, 멈춤 없이 써 내려가는 분도 있다. 하지만 모든 사람들의 부러움을 한 몸에 받는 분들에게도 고충은 있다. 바로 '마침표가 없다'는 것이다.
쉼표만 계속적으로 나열될 뿐, 간간이 말줄임표만 눈에 띌 뿐, 마침표가 없다.
정말 글자 그대로 장문을 계속 이어가는 것이다.
그렇게 한참 글을 써 내려가다가 거꾸로 내게 묻곤 한다.
"그러니까 지금 제가 무슨 말을 하고 싶은 거죠?"

장문이 나쁘다는 것은 아니지만, 단문에 비해 지루해지기 쉽고, 중간에 삼천포로 빠질 확률이 높은 게 사실이다.
사실 문장만 길어지는 게 아니라, 생각도 같이 길어진다는 것이 문제다. 길어질 대로 길어진 생각이 제 마음대로 글을 끌고 나가는데, 한참 따라가다 보면 스스로도 헷갈리기 시작한다.
자신이 하고 싶었던 본래의 글인지, 아니었는지.
그러면서 자연스럽게 말줄임표도 생겨난다. 연관성은 없지만, 자꾸 여러 생각이 떠오르니, 그렇게 될 수밖에 없다.

단문과 장문을 자유롭게 조절할 수 있는 여유가 있다면 모를까, 글쓰기가 익숙하지 않은 경우라면 짧은 문장 쓰기를 권해주고 싶다.

길게 늘어진 문장이 나왔다면, 두 문장, 혹은 세 문장으로 나누어보자.
이런 문장이 있다고 가정해보자.

그 아이는 늘 학교를 가야 하는 것에 대해서, 학원을 가야 하는 것에 대해서, 숙제를 해야 하는 것에 대해서 질문을 했지만, 그 질문에 대해서 어느 누구도 그 아이에게 시원하게 대답해주지 않았다. 아이는 그때부터 질문하지 않는 아이가 되어버렸다.

무슨 말을 하고 싶은지, 대략적으로 알 수 있다. 하지만 길게 늘어진 문장과 불필요한 반복, 나열이 글 전체를 지루하게 만들고 있다.
이렇게 바꿔보면 어떨까.

그 아이는 학교 가는 것, 학원 가는 것, 숙제하는 것에 대해 늘 질문했지만, 어느 누구도 시원하게 대답해주지 않았다.
아이는 그때부터 질문하지 않는 아이가 되어버렸다.

긴 문장을 나누고, 반복되는 '~을(를) 가야(해야) 하는 것에 대해서'를 삭제했다. 거기에 굳이 필요하지 않는 '그 아이에게'를 삭제했을 뿐인데, 훨씬 간결해졌다.

긴 문장을 조심해야 한다. 길어질 대로 길어진 문장이 제 마음대로 글을 이끌고 나가는 것을 조심해야 한다.

가능한 긴 문장은 나누고, 반복되거나 불필요한 것들은 삭제해야 한다.
있어도 되고, 없어도 되는 것이라면 차라리 없는 것이 낫다.
지루함보다 간결함을 선택하자.

정확한 정보를 활용하자

재료가 풍부할수록 음식은 더 맛있어진다. 글도 비슷하다.
다양한 정보는 글을 맛있게 할 뿐만 아니라, 글에 대한 신뢰감도 높여준다.
'우리나라 국민들의 독서량이 심각한 수준이다. 독서해야 한다. 독서는 꼭 필요하다'라는 메시지로 글을 쓴다고 가정해보자. 그런데 정확한 정보나 통계 혹은 데이터, 경험이 아닌 "~하더라" 혹은 "~인 것 같다"라는 식으로 글을 완성했다고 가정해보자.
과연 얼마나 메시지를 전달할 수 있을까.
얼마나 공감을 이끌어 낼 수 있을까.

문학적 글쓰기 아닌 비문학적인 글을 쓸 때는, 특히 조심해야 한다.
명확한 사실과 근거, 타당한 이유를 제시할 수 있어야 한다.
중심 문장과 뒷받침 문장 사이에 일관성을 유지하면서 정확한 정보로 설득력을 높일 수 있어야 한다.

위에 나온 '우리나라 국민들의 독서량이 심각하다. 독서해야 한다'를 주제로 글을 쓴다고 했을 때, '2015년 국민 독서 실태조사 결과'를 인용하면 어떨까.
성인의 독서시간이 평일 22.8분, 주말 25.3분이라는 결과.
1년에 성인이 평균 9.1권을 읽고 학생이 29.8권을 읽는다고 결과.

전체 평균 독서량은 2013년과 비슷하지만 독서자 기준 독서량은 2013년 12.9권에서 2015년 14권으로 증가했다는 결과.
이 결과들을 인용해서 글을 쓴다면 어떻게 될까.

단순한 나열이나 혹은 감정적인 주장, 또는 '아니면 말고'가 아니라 수치화된 정보나 자료를 통해 타당성을 확보해, 글에 대한 믿음을 높여야 한다.
논란을 일으키고 싶은 것이 아니라면, 정확한 정보나 사실을 통해 '읽히는 글'을 넘어 '정확한 글'이 될 수 있도록 노력해야 한다.

사전을 가까이에 두는 습관

'헷갈린다'라고 문장을 마무리했는데, '헷갈린다'가 아니라, '다른 동사를 쓰고 싶은데'라는 느낌이 생길 때가 있다.
그럴 때면 나는 주로 사전이나 인터넷을 활용한다.
예를 들어 아래와 같이 문장을 마무리했다고 가정해보자.

도무지 갈피를 잡지 못하고 방황하는 그의 모습에 나조차도 헷갈렸다.

만약 '헷갈렸다'가 아닌 다른 동사를 사용하고 싶다면, 먼저 사전이나 검색을 통해 '헷갈리다'의 정확한 뜻을 살펴본다. '헷갈리다'의 경우는 '정신이 혼란스럽게 되다', 또는 '여러 가지가 뒤섞여 갈피를 잡지 못하다'라고 정의되어있다. 특히 '헷갈리다'와 '헛갈리다'는 복수 표준어로 둘 다 인정받고 있음을 알 수 있다. 그렇게 의미를 확인한 다음 비슷한 말이나 유의어를 찾아본다.

'헷갈리다'의 경우 '헛갈리다'를 비롯해 '갈팡질팡하다', '뒤섞이다', '혼동되다', '어리둥절하다', '당혹스럽다', '헤매다'를 발견할 수 있는데, 글의 흐름에 더 적절한 단어를 골라 고쳐 쓴다.

도무지 갈피를 잡지 못하고 방황하는 그의 모습에 나조차도 당

혹스러웠다.

'헷갈린다'보다 '당혹스럽다'라는 동사가 더 적절한 문장이 있고, '갈팡질팡하다'라는 동사가 더 큰 힘을 발휘하는 경우도 있다. 그러므로 전체적인 맥락에서 문장의 의미를 살펴 정확한 단어를 쓰도록 하자. 단어를 많이 알면 좋은 문장을 쓸 확률이 높다. 어휘력이 풍부한 사람의 글이 그렇지 않은 사람의 글보다 맛깔스럽다.

하지만 풍부한 단어와 어휘력은 하루아침에 완성되지 않는다.
의식적인 노력을 통해 꾸준히 확장시켜야 한다. 애매한 단어가 생기면 의미를 파악하기 위해 사전을 찾거나 검색해봐야 한다. 유의어나 비슷한 뜻의 단어가 나오면 함께 익혀둬야 한다. 다른 본문에서 어떻게 활용되었는지 살펴보는 것도 의미 있다. 예전에 모르는 단어가 나오면 사전에서 찾아낸 다음, 노트에 따로 기록하는 분이 계셨다. 거기까지는 어렵더라도 단어의 정확한 뜻을 알기 위해 노력해야 한다.

또 다른 방법은 잘 쓴 문장으로 이루어진 책을 많이 읽는 것이다. 좋아하는 작가의 책도 꾸준히 읽으면 좋다. 이때도 생소한 단어를 만나면 사전을 통해 뜻을 익혀두도록 하자. 꾸준히 연습하다 보면, 언젠가 자신의 글에서 그 단어들을 만날 때가 온다.
적절한 곳에서 긴 문장 못지않은 존재감을 발휘하는 단어를 활용하는 날이 온다. 그날까지 연습만이 살 길이다.

내가 독자가 되어도 좋은 글인가

독자들은 작가에게 무엇을 원할까?

프랑스 소설가 모파상은 그것을 다음과 같이 8가지로 정리했다.

위로해달라.

즐겁게 해달라.

슬프게 해달라.

감동시켜 달라.

꿈꾸게 해달라.

웃게 해달라.

전율하게 해달라.

울게 해달라.

생각하게 해달라.

이 말은 독자들을 만족시켜야 할 포인트가 8가지나 된다는 뜻과 같다.

글을 쓸 때 8개 과녁 중 어디를 맞출 것인지 고려해야 한다.

(중략)

글쓰기의 최종 목적지는 한 마디로 '마음을 움직이는 글'이다.

수필이나 시, 소설 혹은 비즈니스 문서나 일기 등 글의 형태는 달라도 읽는 사람이 무언가 느끼도록 하는 것이다.

– 「글쓰기 훈련소(임정섭)」 중에서

일기는 혼자 위로하고, 즐거워하고, 슬퍼해도 된다.
혼자 웃어도 되고, 울어도 되고, 마음대로 결정해도 된다.
하지만 일기가 아닌, '단 한 명의 독자'가 있는 글은 다르다.
아니, 달라야 한다. 독자와 어떤 식으로든 만나야 한다.

삶을 바꿀 수는 없지만, 가능성을 제시할 수 있어야 한다.
자신의 생각을 재구성해볼 수 있는 기회, 낯선 경험 속에서 삶의 의미를 깨닫는 기회, 자신을 위로하고, 세상을 이해하는 기회를 제공해야 한다.
독자들이 원하는 것은 그것이다.

단 한 명의 독자가 있는 글을 쓴다면, 자신의 글이 어떤 기회를 제시하고 있는지 살펴봐야 한다.
출판업계의 고수들은 입을 모아 얘기한다.
"독자들이 필요로 하는 책을 만들어야 한다"
"공감하고 소통할 수 있어야 한다"
"자신이 독자라면 이 책을 사겠는가?"
"가족이나 친구들에게 권하고 싶은 책인가?"

책을 만들 때뿐만 아니라, 글을 쓸 때도 유효한 질문이라고 생각한다.
"읽을 사람이 원하는 내용을 담았는가?"
"혼자 말하고, 혼자 끝내지는 않았는가?"
"공감할만한 내용을 담았는가?"
"자신이 독자라면 어떤 기회를 제공받았는가?"
"누군가에게 권해주고 싶은 글이었는가?"

글을 쓰는 내내 끊임없이 질문해야 한다.

'금방 이해되고, 잘 읽히는 글'은 이제 기본이다.

구조적인 흐름과 함께 울림이 있는지가 중요하다.

독자에게 다가가 생명력을 지속할 수 있는 글인지, 자문해봐야 한다.

정말 자신이 독자가 되어도 좋은 글인지, 묻고 또 물어봐야 한다.

다양한 표현으로 글맛을 높이자

힘이 든다.

어렵다.

고단하다.

고달프다.

곤란하다.

몸이 지친다.

사정이 좋지 않다.

복잡하다.

갈피를 못 잡겠다.

천근만근이다.

힘들고 복잡한 심정을 나타내는 우리말은 생각보다 많다. 영어수업 시간에 "이 단어는 영어로 뭐라고 얘기해요?"라고 질문한 적이 있다. 그때 선생님께서 말씀하셨다.
"우리말은 워낙 다양하고 뜻이 조금씩 달라서 정확하게 한 단어로 표현하기가 어려워요. 맥락적인 차원에서 설명해야 할 것 같아요"

사실 영어에만 한정된 문제가 아니다.
글을 쓸 때도 비슷하다. 단어를 하나 바꾸기만 해도, 글맛이 달라진다. 전달력이 훨씬 강해질 수 있다. '힘이 든다'라고 문장을 끝낼 수도 있지만, 맥락에 더 잘 어울리고, 의미를 효과적으로 전달할 수 있는 단어를 찾기 위해 노력해야 한다.
'힘이 든다'뿐만 아니라, '급하다'라는 동사도 그렇다.

급하다.
세다.
괄하다.
급격하다.
굵고 거세다.
거칠다
과격하다.
지나치다.
극성스럽다.
강하다.
…

비단 '동사'에만 한정된 문제가 아니다. 예를 들어 '매우'라는 부사를 사용해야 한다고 가정해보자. 불필요한 부사는 제거해야 하지만, 의미 전달을 위해 필요한 부사는 살려야 한다. 그런 경우 '매우'를 계속 반복할 것이 아니라, 비슷한 뜻의 다른 표현을 사용해 지루함을 피해야 한다.

매우.
굉장히.

아주.

더없이.

너무너무.

무척.

몹시.

참으로.

진심으로.

상당히.

꽤 많이.

제일.

진짜.

…

우리가 먹는 밥에도 '흰밥'만 있는 것이 아니다.
현미밥, 흰밥, 찰밥, 흑미밥, 오곡밥, 잡곡밥, 콩밥, 팥밥, 콩나물밥처럼 구성 비율에 따라 각기 다른 이름을 가지고 있다.
글쓰기도 비슷하다.
같은 단어를 계속적으로 반복하고 있지 않은지 점검해봐야 한다.
필요한 단어라도 반복적으로 등장하면, 지루하고 재미없다.
글맛도 살리고 의미를 적극적으로 전달할 수 있는 단어를 찾아보자.
사전을 활용하든, 인터넷을 검색하든 적당한 단어를 찾기 위한 노력을 포기하지 말자.
잘 찾은 단어 하나가 문장을 살릴 수 있다.

블로그, SNS, 공개된 장소에 글쓰기

"누가 내 글을 보면 어떻게 해요?"

"누가 나보고 틀렸다고 말하면 어떻게 해요?"

"글에 자신이 없어 공개할 수 없어요"

"다른 사람들이 뭐라고 하면 어떻게 해요?"

공개된 장소에 꾸준히 글을 쓰는 것에 대한 첫 반응은 대부분 이런 식이다.

그날도 여느 날과 비슷했고, '어떻게 마무리를 지을까' 고민하고 있었는데, SNS에 자주 글을 쓰는 분이 이렇게 얘기했다.

"아무도 내 글 안 봐요"

"다른 사람들은 내 글에 크게 관심 없어요"

"내 글에 관심 있는 사람은 나 밖에 없어요"

그 순간, 말이 떨어지기가 무섭게 '그래, 그래'라는 소리와 웃음이 터져 나왔다.

나는 공개된 장소, 특히 개인적으로 블로그를 추천하는 편이다. 블로그는 인스타, 카카오스토리, 페이스북과는 달리 긴 호흡을 필요로 한다. 긴 글을 써야 할 의무는 없지만, 길쭉한 문장과 상세한 설명을 익힐 수 있는 좋은 글쓰기 도구이다. 처음부터 길게 쓰지 않아도 된다. 짧게 일주일, 한 달 정도 글을 쓰다 보면 어느 순간 문장이 저절로 길어지고, 단어도 섬세해진다.

짧은 글이지만, '누군가가 읽을 수 있다'라는 생각에 한 번 더 글을 매만지게 되면서 오타나 맞춤법도 살펴보게 된다.

이렇게 정성을 쏟아 포스팅했지만, 댓글은 물론 공감조차 없을 때가 많다. 간혹 정말 한, 두 명 정도 "저도 비슷해요" 일 뿐, 상상하는 악플이 주렁주렁 달리는 경우도 별로 없다. 그러니 너무 걱정하지 말고, 블로그 글쓰기에 도전해봤으면 좋겠다.

내가 처음 블로그를 시작한 것은 2004,5년도쯤이다.

울산에서 태어나고 자란 내가, 어린아이와 대구에서 할 수 있는 것은 별로 없었다. 그 당시 유일한 즐거움은 아이가 잠들었을 때, 책을 읽거나 몇 글자 끼적거리는 것뿐이었다. '글쓰기 훈련을 하겠다'와 같은 전투적인 마음도 당시에는 없었다. 그저 책을 읽고 좋은 글이 보이면 간간이 블로그에 옮긴 다음, 그 아래 짧은 느낌을 적는 것이 전부였다.

 # 글러브로 잡으려 하기 때문에 잡을 수 없는 것이다.

전쟁터에서 지나치게 총에 의지하는 병사는
살아남을 수 없습니다.
오로지 돈밖에 믿지 않는 장사꾼은 성공할 수 없습니다.
마음이 아니라 붓으로 쓰려고 하면 멋진 글씨는 쓸 수 없습니다.
글러브로 잡으려고 하는 사람은 자기 앞으로 날아오는 공도 잡

을 수 없습니다.

이 세상에 도구에 의지하는 사람만큼 어리석은 사람이 어디 있을까요?

어차피 도구는 마음을 이길 수 없기 때문입니다.

-「재주가 없는 사람이 성공한다」중에서 -

재주가 없는 사람이란 것을 인정하는 것이 쉬운 일은 아닌 것 같습니다.

그렇지만, 재주가 없는 것도 재주라고 하던 누군가의 말이 생각나서 용기 내어 봅니다.

재주 없는 사람의 세상 재주 배워보기를 시작하려고 합니다.

(2004.5.15)

나무 (외로운 사람에게)

외로운 사람아, 외로울 땐 나무 옆에 서 보아라.

나무는 그저 제자리 한평생 묵묵히 제 운명, 제 천수를 견디고 있나니 너의 외로움이 부끄러워지리.

나무는 그저 제자리에서 한평생 봄, 여름, 가을, 겨울 긴 세월을 하늘의 순리대로 살아가면서

상처를 입으면 입은 대로 참아내며

가뭄이 들면 드는 대로 이겨내며

홍수가 지면 지는 대로 견디어 내며

심한 눈보라에도 폭풍우에도 쓰러지지 않고

의연히 제 천수를 제 운명대로 제자리 지켜서 솟아 있을 뿐

나무는 스스로 울질 않는다.

바람이 대신 울어준다.

나무는 스스로 신음하질 않는다.

세월이 대신 신음해준다.

오, 나무는 미리 고민하지 않는다.

미리 근심하지 않는다.

그저 제 천명 다하고 쓰러질 뿐이다

–「나무에게(조병화)」중에서 –

너무 요란하게 살지는 않나.

너무 요란하게 울어대며,

너무 요란하게 신음하며,

너무 요란하게 고민하며,

요란한지조차도 모르면서 살아간다는 생각,

문득 그런 생각이 나를 잡고 놓지를 않습니다.

(2004.8.5)

벌써 10년도 더 지난 이야기들이다.

부끄럽고 약해 보이는 모습이 '청춘'이라는 단어로 쉽게 연결되지 않는다.

재주가 없는 것을 재주라고 말하면서, 나는 블로그 글쓰기를 시작했다.

천상병 시인, 이정하 시인, 정호승 시인, 조병화 시인, 김용택 시인,

도종환 시인, 류시화 시인까지.

좋아하는 시인들의 책을 읽고 옮기는 것이 전부였지만 말이다.

글쓰기보다는 오히려 필사를 했다고 말하는 게 더 정확할 것 같은데, 돌이켜 생각해보면 재주 없는 사람이 재주를 배우기 위해 본능적으로 찾아낸 방법 같다.

시간이 날 때마다 노트나 블로그에 글을 옮기면서 나의 삼십 대를 짧은 단상으로 채워나갔다. 하지만 재주 없는 사람이 재주 배우는 마음으로 시작한 블로그 글쓰기에 위기가 찾아왔다.
2007년부터 2010년까지.
책을 읽을 수도, 글을 쓸 수도 없는 시간들이 나를 찾아왔고 블로그 글쓰기도 동시에 멈췄다. 살아오는 동안, '가장 힘들었다'라고 기억하는 시간들, 정말 '시간을 견딘다'는 마음 하나로 버텨냈다.
'이것 또한 지나가리라'라는 기도와 함께.
다행스럽게도 컴퓨터 앞에 앉을 수 있는 날이 다시 찾아왔다.

상처는 스승이다.

10센티미터 자가 하나 있었습니다.
이 자는 무엇이든 그 길이를 마구 재고 다니면서
으스대었습니다.
"넌 길이가 5.4센티미터야. 넌 키가 9.8 센티미터밖에 안 돼.
너는 코의 길이가 6.2센티미터야.
10센티미터도 안 되는 것들이 까불어"
그러던 어느 날이었습니다.
10센티미터 자는 저울을 만나게 되었습니다.

저울은 자를 보자마자 무조건 자를 저울 위에 올려놓았습니다.

그러고는 웃음을 터뜨리며 비웃었습니다.

"하하, 넌 겨우 5그램이군. 짜식!

아주 가벼운 놈이네. 비켜라! 상대도 하기 싫으니까!"

저울은 더 이상 자를 쳐다보지도 않고 휙 가버렸습니다.

10센티미터 자는 너무 기가 막히고 억울했습니다.

저울이 자기 멋대로 함부로 평가하는 것이 몹시 기분 나빠 욕을 퍼부었습니다.

그러다가 문득 10센티미터 자는 깨달을 수 있었습니다.

자기 또한 남들을 함부로 평가하고

많은 상처를 주었다는 사실을 깨달을 수 있었습니다.

-「내게 힘이 되어준 한마디(정호승)」 중에서 -

누구나 가치의 기준이 있고, 삶의 저울이 있습니다.

그리고 그것은 그 모양을 달리, 방식을 달리하고 있을 것입니다.

가끔 놓치고 있는 사실이 내 가치의 기준이나 삶의 저울이

세상에서 가장 옳은 방식이라고 착각하는 데에 있지 않았었나,

요즘 참 많이 해보는 생각입니다.

(2010.3.10)

마음에 드는 글을 옮긴 후, 생각을 가지런하게 정리해 문장으로 옮겼어야 했는데, 구석구석 눈에 띄는 구멍들이 못내 아쉽다. 미생(未生) 이었음을, 오밀조밀하지 못했음을, 옮기면서 새삼 느꼈다. 고백하면, 이곳으로 옮기면서 문장이나 단어를 다듬고 싶은 마음도 컸다.

'이왕이면 다홍치마'라는 말처럼, 예쁘게 고쳐 쓰고 싶었다.
하지만 진심으로, 과정을 보여주고 싶었던 터라, 욕심을 내려놓았다.
얼굴에 철판을 깔았다고 생각하고 그대로 복사해왔다. 이런 걸 보면, 공개된 장소에 글을 올리는 것이 쉬운 일은 아닌 게 분명하다.

최강희의 "보스를 지켜라"를 보던 중 며칠 전에 읽은 [바보 빅터] 이야기가 나왔다.
바보 빅터. 열다섯 살 빅터는 학교에서 IQ 테스트를 받았다.
평소 그를 저능하다고 여겼던 선생님은 당연히 그의 아이큐를 73이라 보았고, 그 사실을 안 친구가 학교에 퍼뜨리면서 빅터는 학교를 떠났다. 그 후 17년 동안 아이큐 73으로 살아온 빅터는 17년이 지나고서야 알았다.
자신의 아이큐가 173이라는 것을.
책에는 빅터가 그 사실을 알게 되면서, 자신이 느낀 감정을 이렇게 표현하고 있다.

잃어버린 17년, 그동안 숫자에 속았고, 무시하는 사람들에게 속았고, 세상에 속았다.
하지만 인생의 책임은 타인의 몫이 아니었다.
빅터는 이제야 깨달았다. 자신의 잠재력을 펼치지 못하게 만든 장본인은 바로 자신이었다는 것을. 자기 스스로 자신을 바보라 여겼음을. 남이 아닌 내 인생인데 정작 그 삶에 '나'는 없었다.
그저 세상이 붙여준 이름인 '바보'로만 살아갔던 것이다.
허리케인 같은 위협들이 자신을 세차게 흔들더라도, 가슴속에 피

어오른 불씨를 꺼뜨려서는 안 되는 것이었다.
"난 정말, 바보였어. 스스로를 믿지 못한 나야말로 진짜 바보였어…."

책은 "천재가 된 바보"를 끝으로 마무리 짓고 있는데, 어떤 사람들은 그렇게도 이야기를 하는 것 같았다. 아이큐가 173이나 되니까, 그런 상황에서도 저렇게 할 수 있었다고.
하지만, 궁금한 것은 그가 17년이 지났을 때에도 173이란 사실을 모르고 73이라 믿고 살았다면, 어쩌면 그는 영원히 "바보 빅터"로 남았을지도 모르는 것이다.
즉, 아이큐가 173이라고 하여 모든 현실이 조건 없이 그를 지금의 자리로 올려주지는 않는다는 사실이다. 적어도 그는 아이큐 173이라는 것을 증명이라도 하듯 끊임없이 도전했을 것이며, 그것을 해내는 성공과 실패의 과정을 통해 지금 "천재가 된 바보"로 남게 된 것이 아닐까.

우리가 놓치지 말아야 하는 곳이 바로 이 부분이라고 생각한다.
아이큐가 73이었을 때나 173이었을 때나 변한 것은 없다.
빅터는 빅터였다.
천재라는 사실보다 바보가 아니라는 사실에 더 충격을 받은 빅터는 자신이 할 수 있는 모든 것을 증명하고자 하였다. 그러는 사이 어느덧 자신도 모르게 그는 "천재"로 불리고 있었다. 높은 아이큐를 가지고도 천재라 불리지 않는 이들과의 분명한 차이가 바로 이 부분이 아닐까.

그리고 또 다른 중요한 사실은 책에서도 얘기했듯이 스스로를 믿지 않은 것에 대한 대가는 생각보다 큰 상처를 남긴다는 것이다. 인생 전부를 아우르는, 그런 상처를 남길 수 있다는 것이다.

식물이 자라는 데에도 햇빛, 물, 바람 등 꼭 필요한 것들이 있는데 하물며 사람은 오죽할까. 고래도 춤추게 하는 칭찬도 필요하고, 말없이 우산을 같이 쓰는 위로도 필요하다. 그러나 그 어느 것보다 단단하게 뿌리내리고 있어야 하는 것이 바로 "스스로에 대한 믿음"이라는 사실이다. 넘실대는 숫자의 평가 속에서, 꼿꼿한 위치의 평가 속에서, 당당하지는 못할지언정 비굴하지 않은 "스스로에 대한 믿음"이 세상 그 어느 때보다 절실해지고 있는 것이다.
불확실한 시대에 믿을 거라고는 자신밖에 없다며 외치던 드라마 대사가 아니라, 힘들다 여겨지고, 포기하고 싶어질 때 가장 먼저 살펴봐야 하는 마음이 바로 이것이다.
이는 세상의 기준이 아닌 자신의 기준으로 살아가되 세상을 등질 필요는 없는 얘기도 된다.
지금껏 세상은 우리에게 가르치고 있었다.
어제도. 그제도. 100년 전에도.
"누구도 아닌 바로 네 인생이다"라고.

고대 소크라테스가 말한 "너 자신을 알라"가 수 천 년이 지난 지금 도덕적인 모습에서든, 인생의 총체적인 모습에서든 허용되는 배경 역시 그런 것이 아닐까. 그러면서 무엇으로 삼아야 학지, 어

떻게 살아야 할지도 묻지 말라 하였다. 그 역시 누구도 아닌 바로 너 자신에게서 답을 찾으라 하였다. 그래, 바로 이것이다. 이래서 세상은 공평한 것이다. 자신이 보는 만큼, 자신이 찾는 만큼, 자신이 믿는 만큼 흔적을 남긴다는 사실은 만인 앞에서 평등하게 진행되고 있는 것이다. 지금 이 순간에도, 그러니 우리의 시작은 바로 자신에게서 시작해야 할 것이며, 그 시작의 뿌리는 "스스로에 대한 믿음"에서 출발해야 하는 것이다.

그것을 증명하기 위해 오늘도 역사는 기록을 남기는 게 아닐까.

(2011. 10.5)

어디서 저런 배짱이 나왔는지 모르겠다. '제 생각은 달라요' 혹은 '이 생각은 틀렸어요'라는 지적이나 평가가 두려웠을 텐데, 용감하게 글을 올린 그날의 용기를 응원해주고 싶다. 그러고 보니, 이즈음부터 블로그에 쓰는 글의 형태가 조금씩 바뀌기 시작한 것 같다.

책을 읽고 난 후 줄거리를 요약하고, 작가의 의도가 무엇인지 찾으려고 애쓰면서 동시에 나의 생각과 행동을 관찰하기 시작한 것 같다. 어떻게 표현하면 좋을까. 글을 쓰면서 삶을 들여다보게 되었다고나 할까. 나의 생각과 행동을 의심하면서 말이다.

진짜와 가짜가 무엇인지, 버려야 하는 것과 끝까지 지녀야 하는 것이 무엇인지 살펴보면서 말이다.

'누군가의 기준에 함몰되지 않겠다'라는 다짐도 이즈음부터 생겨난 것 같다.

책장 정리를 하다 보니, 작년 12월 호 여성 잡지에 시선이 멈추었다.

아마 작년 연말에 구입한 잡지 같다.
언제부터 시작되었는지 모르겠지만, 12월이 되면 가계부가 딸린 여성 잡지와 별책부록(꼭 토정비결을 실은 부록이어야 한다)을 구입하고 있다.
순전히 처음에는 엄마의 부탁이었다.

벌써 오래된 어느 해 연말의 일이었다.
삼십 년 넘게 가계부를 써 오는 엄마가 달력을 한 장 남기고 있을 때, 가계부가 딸린 잡지가 필요하다는 얘기를 해왔다.
그러면서 시작된 것 같다. 작년 연말까지도.
그리고 이왕이면 토정비결이 딸린 그런 잡지였으면 좋겠다는 추가 주문도 들어왔다.
토정비결을 믿는 것도, 누군가의 말을 듣기 위해 다니지는 않았지만 아마 엄마는 혼자, 한 해를 시작하기 전에 토정비결을 보면서 상상하기를 즐기는 것 같았다.

상황이 이렇다 보니, 내용의 완성도와는 전혀 상관없이 오로지 별책부록에 토정비결이 있느냐, 없느냐가 잡지 구매에 결정적인 영향을 주게 되었다. 그러면서 여성 잡지는 아이들의 오리기 책이 되어버렸다.
즉, 주객이 정확하게 바뀌어 버린 것이다.
별책부록 때문에 책을 사는 사람. 세상에는 분명 나와 같은 사람도 있을 것 같다.

그러면서 문득 이런 생각이 들었다.
어설픈 주연보다는 명품 조연이 더 나은 것은 아닐까라는.
어설픈 주연이 넘쳐나는 요즘이다. 그래서일까. 차라리 아름다운 조연을 택하라는 말을 하고 싶다. 비가 와서 일까.
자잘한 생각이 허공을 떠다니고 있다.
(2014.3.25)

단순히 좋은 책을 읽고 느낀 점을 쓰고, 단상을 적어보는 것으로 시작한 블로그 글쓰기가 어느 순간, 삶을 들여다보는 가장 좋은 도구가 되어버렸다. 머릿속이 복잡하다가도 블로그에 글을 쓰고 나면 많은 것들이 정리되는 느낌이다. '누구의 마음'이 아니라 '나의 마음'을 살뜰하게 바라보는 친구를 만나는 느낌이다. '단 한 명이라도 읽을 수 있다'는 부담감은 오히려 몸에 좋은 약이 되어, 생각과 행동을 조심하게 만들었고, 인생의 좋은 습관을 유지하는데 도움을 주고 있다. 조금 과장된 느낌도 있지만, 블로그는 나에게 무엇과도 바꿀 수 없는 좋은 선생님이다.

개인적으로 '절대'라는 단어를 좋아하지 않지만, 글쓰기에 관해, 블로그는 허용해주고 싶다. 처음에는 자신의 생각이 무엇인지, 무엇을 바라보고 있는지 알지 못한다.
무슨 말을 하고 싶은지도 정확하게 알지 못한다.
하지만 끊임없이 글을 쓰다 보면, 손가락이 무엇을 가리키고 있는지 알게 된다. 나아가 타인을 향하던 손가락이 자신을 향하고 있다는 사실도 깨닫게 된다.

지금까지 댓글은 물론이며, 공감도 얼마 되지 않지만 블로그를 꾸준히 이어오고 있다. 처음부터 '블로그에 글을 써서 성공하겠어'라는 욕심으로 덤벼들지 않았기에 외롭다거나 지루하지 않았다. 하루에 한 번, 혹은 일주일에 두, 세 번의 블로그 글쓰기 훈련도 여전히 현재진행형이다. 블로그 글쓰기. 단아하면서도 깊은 맛을 내는 문학적 글쓰기 실력을 장담할 수는 없지만, 자신의 생각을 들여다보고 정리하는데 이만한 것이 없다고 생각한다.

공개적인 장소에 쓰는 글은 아무래도 한 번 더 생각하게 되고, 한 번 더 들여다보기 마련이다. 어떤 표현이 더 적절할지, 무엇을 더 소중하게 다뤄야 할지 고민하게 된다. 그 고민에 누군가가 흔적, 예를 들어 댓글이나 공감을 달아주기라도 하면, 마치 짝사랑하던 사람에게서 쪽지를 받은 것처럼 행복해지는 것도 블로그의 매력이다.

블로그, 글쓰기 열정을 식지 않도록 도와주는 고마운 이름이다.

절대시간으로 절대 글쓰기

“어떤 일을 하든 절대시간이 필요해”
두 번째 책을 내고 얼마 되지 않았을 때, 어느 선생님께서 내게 했던 말이다.
용감하게 첫 책을 낸 후 꾸준히 글을 쓰고 있는 내게, 전공이 아닌 것에 대해 부담감을 털어놓은 내게, 글을 쓰면 쓸수록 자신감이 줄어드는 것 같다는 내게, 그분은 주역의 한 구절을 들려주었다.

“양적 쌓임이 있을 때, 한계치에 닿았을 때, 질적 변화가 생기는 겁니다. 지금은 더 쌓아가야 할 때입니다. 절대시간이 필요합니다. 절대시간으로 쌓아올린 것들이 한계치에 닿았을 때, 질적인 변화는 저절로 생겨나기 마련입니다. 전공이 아니어서 걱정이라면, 그들이 쌓아올린 시간보다 더 쌓아올리면 됩니다. 그들의 시간을 절대시간으로 뛰어넘으면 됩니다. 또 하나, 글을 쓰면 쓸수록 두려워지는 것이 정상입니다. 글을 쓰는 사람이라면 마땅히 그래야 합니다. 시간의 힘이 필요합니다. 시간을 견디는 법을 배워야 합니다”

어느 순간부터 잊고 지냈던 그날의 대화를 신영복 선생님의 「처음처럼」에서 다시 만났다.
저 뒤에서 길을 잃고 혼자 방황하던 그림자가 주인을 발견하고 달려와 품에 안기는, 그런 느낌이었다.

"궁하면 닿을 것이고, 닿으면 변할 것이요, 변하면 열리게 될 것이요, 열리면 오래갈 것이다.
궁즉변(窮則變), 변즉통(變則通), 통즉구(通則久)"

"어떻게 하면 글을 잘 쓸 수 있을까요?"
글쓰기 수업시간이든, 다른 모임에서든 자주 질문해온다.
"쓰다 보면 나아지게 되어 있습니다. 꾸준히 쓰다 보면 나아집니다"
보통 거기서 멈추는 경우가 많은데, 가끔은 대답이 마음에 들지 않았는지, 애매모호한 표현이 위로가 되지 못했는지, 좀 더 세심한 배려를 요구해온다.
"그러니까요, 그러니까 꾸준히 어떻게 쓰면 되는 건데요?"
"그냥 막 쓰면 되는 거예요?"
"꾸준히가 어느 정도예요?"

"여러 방법이 있는데, 시간을 정해놓고 글쓰기 훈련을 하면 좋습니다.
예를 들어 10분이면 10분, 30분이면 30분.
그 시간 동안 무조건 글을 쓰는 것입니다.
또는 하루에 A4용지 한 장 채우기처럼 양을 정해놓고 글을 쓰는 것도 좋은 방법입니다.
한 장이 너무 많다면, 반 페이지, 혹은 10줄도 괜찮습니다.
시간이나 양을 정해놓고, 무조건 글을 쓰는 것입니다"

이쯤 되면 조금 전까지만 해도 눈을 반짝거리며 글쓰기 비법을 찾던 사람들의 눈빛이 흔들린다. '글쓰기 비법이라도 들을 줄 알았는데,

영 아니네'라는 느낌을 감추지 못한 채.
그러면 말이 조금 더 길어진다.

"간혹 일상이 너무 바쁘다는 분들도 계실 겁니다.
글 쓰는 날과 시간을 정해놓으세요.
매주 토요일 새벽시간, 혹은 일요일 저녁 10시.
어느 시간이든, 어떤 방법이든 글쓰기 시간을 확보해야 합니다.
하루에 한 번 글쓰기도 좋습니다.
이틀에 한 번 글쓰기도 좋습니다.

지금껏 글을 쓰지 않은 사람에게는, 글쓰기 근육이 없습니다.
있다고 하더라도 약할 수밖에 없습니다.
근육이 약한데, 어떻게 멋진 기술을 선보일 수 있겠습니까?
하루 글 쓰고 다음 날 글쓰기 못했다고 자책하지 마십시오.
잘 되지 않는 게 정상입니다. 셋째 날, 다시 하면 됩니다.
그렇게 6개월이든, 1년이든, 꾸준히 글을 쓰십시오.
디테일한 글쓰기 기술 익히기는 그 후에 시작해도 늦지 않습니다.
운동선수가 똑같은 동작을 수천 번, 수만 번 반복하는 것도 비슷한 이치입니다.
오늘부터 10분, 15분, 30분.
아시겠죠? 글쓰기 근육 만들기에 집중하십시오"

글쓰기,

'많이 읽고 많이 쓰는 사람'을 이길 수 없다.

글쓰기 규칙을 외우기보다, 글쓰기 비법을 찾아다니기보다, 그 시간에 좋은 책을 읽고, 줄거리를 요약하고 느낌이나 생각을 정리하는 것이 훨씬 탁월한 선택이다.

비유와 은유에 좌절하지 말고, 묘사에 슬퍼하지 말고, 매일 아령을 들어 근육을 키우는 선수처럼, 종이를 채우고, 시간을 채우자.

그 시간들을 믿자. 시간의 힘을 통해 글은 분명해지고, 생각은 깊어질 것이며, 삶은 자유로워질 것이다.

글쓰기, 삶을 변하게 하고, 열리게 하고, 통하게 한다.

글쓰기에 독서는 선택이 아니라, 필수

"떠오르는 내용이 없어요"

"다른 사람들은 잘 적는데, 나만 왜 이럴까요?"

"어떻게 적어야 할지 모르겠어요"

"무엇을 써야 할지"

"어떤 기억이 떠오르긴 하는데, 어디서 시작해야 할지"

글쓰기 수업시간, 그것도 첫 글쓰기 훈련 시간에 가장 많이 나오는 이야기다. 당황해하면서도 천진난만해하는 모습, 영락없는 아이의 얼굴이다.

"지금까지 글쓰기를 안 해서 그렇지, 쓰다 보면 나아집니다"

"안 하던 것을 처음 할 때는 원래 어려운 법입니다"

"처음부터 술술 잘 써지면 왜 여기 있겠어요?"

그 말이 별로 소용이 없었는지 다시 질문해온다.

"그런데, 정말 떠오르는 게 없어요"

"어디서 시작해야 할지"

"별로 중요하지 않은 이야기를 한다고 말하면 어떻게 해요?"

많은 경우가 그런 것 같다. 글을 잘 쓰고 싶어 하지만, 과연 나에게 글 쓸 만한 거리가 있을까. 누가 나의 글을 읽고 웃지는 않을까, 걱정부터 한다. 하지만 이런 마음이 글쓰기를 더 방해한다.

진지한 고민을 털어놓는 분들에게 나는 늘 이렇게 말해준다.

"보통 글을 쓸 때, 떠오르는 것이 없다는 것은 평소 그와 관련해서 자신의 생각을 들여다본 적이 없다는 뜻입니다.
재구성해본 경험이 없다 보니 어디에서, 어떻게 시작해야 할지 스스로도 정리가 되지 않는 거죠. 아니면 경험이 없어서 글의 주제에 공감하지 못할 수도 있고요.
우리는 콘텐츠라는 말을 자주 합니다. 오죽하면 콘텐츠 스트레스라는 말이 생겨났을까요.
확실한 것은 콘텐츠가 풍부하면 글쓰기가 수월한 것이 사실입니다.

어떤 주제와도 연결될 수 있는 콘텐츠가 있으면 나름의 의미를 부여하며 메시지를 전달할 수 있게 됩니다.
하지만 모든 콘텐츠를 직접 경험하여 이해하는 데는 한계가 있습니다. 그래서 필요한 것이 바로 독서입니다. 오랜 시간의 힘을 견디고 살아남은 고전에서부터, 동시대 사람들이 공감하는 신간도서까지, 취미로 읽든, 배움을 위해 읽든, 독서가 필요합니다.

직접 경험하지는 못하지만, 독서를 통해, 세상과 사람들을 이해하고 그것을 자신의 경험이나 혹은 생각과 연결시켜 나만의 콘텐츠 영역을 확보해야 합니다.
콘텐츠 영역을 확보했다는 것은, 그만큼 쓸 거리나 정리된 생각이 많다는 의미입니다. 그러므로 독서가 필요합니다"

"그럼 책을 많이 읽은 사람이 글을 잘 쓰겠네요?"

"책을 많이 읽을수록 글을 잘 쓴다고 장담할 수는 없지만, 책을 많이 읽을수록 유리한 것은 사실입니다.

Good writers are avid readers.

단어 그대로 해석하면 '훌륭한 작가들은 열심히 독서하는 사람들이다'입니다. 즉 '글을 잘 쓰려면 책을 열심히 읽어라'가 되는 것입니다. 물론 독서하는 방식에 따라, 결과는 다르겠지만요.

예를 들어 책을 많이 읽을 욕심에 속독으로 책을 읽기만 하는 사람과, 책을 읽은 후 좋은 문장을 필사하고, 줄거리나 서평을 쓰면서 인식의 확장을 겸하는 사람은 다를 수밖에 없습니다. 독서 후 자신의 생각과 연결해보고, 느낌을 정리해보는 활동은 의식의 확장을 가져오고, 이것은 자연스럽게 글쓰기로 연결됩니다. 독서 후 활동을 하는 사람과 아닌 사람의 글이 차이가 날 수밖에 없는 이유입니다. 속독이 나쁘다는 이야기가 아닙니다. 다만 글쓰기에 관해서는 속독보다는 좀 더 느긋한 독서를 권하고 싶습니다. 목적에 따라 다르겠지만, 독서하는 시간, 그 시간 자체가 의미 있어야 합니다"

이쯤 되면 모든 것들이 멈춘 것처럼, 공기마저 조용해진다.
알 수 없는 긴장감과 함께, 독서에 대해, 글쓰기에 대해 고민하는 표정이 역력해진다.
글쓰기와 상관없어 보이는 독서이야기, 독서이야기를 할 때 흐르는 정적이 나는 참 좋다. 단순하게 '글자를 쓴다'가 아니라, '생각을 옮긴다' 혹은 '마음을 들여다본다'라고 받아들이는 신선한 자극이 좋다.

'얼개'라는 단어가 있다.
사전에는 '어떤 사물이나 조직을 이루는 짜임새나 구조'를 이야기하는데, 글쓰기에도 '얼개'라는 표현을 사용한다.
얼개 짜기, 즉 글을 쓰기 전에 전체적인 구조나 뼈대를 세운다는 의미다.
글쓰기 훈련을 할 때, '글쓰기 엔진 가동'이라고 주제와 연관이 있는 단어나 문장을 중심으로 먼저 이야기를 나눈다. 그 과정에서 스스로 어떤 생각을 가지고 있으며 무엇을 중요하게 생각하는지 발견하게 된다. 어디에서 출발하고, 어느 경험과 연결시키고, 현재 어떤 생각을 가지고 있는지, 중요하게 생각하는 것은 무엇인지, 연결고리를 찾게 된다. 그런 경우, 경험이나 콘텐츠가 풍부한 사람은 보다 세밀하고 다양한 해석을 풀어낸다.

"왜 책을 읽어야 할까요?"라는 주제를 만났다고 가정해보자. 일단 책을 좋아하는 사람, 독서를 즐기는 사람에게 유리하다. 책을 통해 스스로 삶의 변화를 만들어낸 경험이 있는 사람이라면 완벽한 글쓰기 주제가 될 것이다.

다른 예를 들어보자. "나는 긍정적인 사람이 부정적인 사람보다 더 좋다"라는 주제를 만났다고 가정해보자. 무엇보다 긍정적, 부정적이라는 단어의 의미를 이해해야 한다. 긍정적인 사람과 부정적인 사람의 특징이나 모습을 떠올릴 수 있어야 한다. 그들과 관련된 경험이 없었는지 생각해봐야 한다. 스스로 긍정적인 사람인지, 그렇지 않은 사람인지도 들여다봐야 한다. 그런 다음, 자신의 생각은 어떠한지 정리해나가야 한다. 긍정적인 사람을 좋아하는지, 부정적인 사람을 좋아하는지, 그 이유가 무엇인지 설명하면서 말이다. 이 모든 과정을 차분하게 글로 풀어야 한다.

글에서 얼개 짜기는 생각의 흐름과 맥을 같이 한다. 그 과정에서 직, 간접 경험이나 독서와 같은 콘텐츠는 절대적인 역할을 한다.
좋아하는 분야나 관심 가는 영역의 책을 많이 읽도록 하자. 관련된 글쓰기를 할 때 글을 써 내려가는 속도가 다르다. 뿐만 아니라, 독서 후, 자신의 생각을 활자에 옮겨본 경험이 있는 경우라면, 내부 검열을 통한 인식의 확장이 생겨나 그 맛 또한 깊고 풍부하다. 독서를 통해 자신의 생각주머니를 미리, 미리 키워둬야 한다.

글쓰기를 위한 최고의 비법이 "많이 쓰기"이라면, 글쓰기 최고의 친구는 "독서"이다.
독서가 인생을 위한 진짜 공부라는 측면을 떠나, 글쓰기만 봐도 '독서를 하는 사람'과 '독서를 하지 않는 사람'의 글은 분명한 차이를 보인다.
글을 잘 쓰고 싶다면, 글쓰기를 잘하고 싶다면, 오늘부터 10분 만이라도 독서를 시작하자.

유시민 작가는 어느 인터뷰에서 글쓰기 영업 비밀을 두 가지로 단순화 시켜 이야기했다.

"첫째, 정확한 어휘와 훌륭한 문장으로 된 글을 읽고, 또 읽으세요.
둘째, 계속 쓰세요.
컴퓨터가 되었든 메모지가 되었든 매일, 꾸준히 1년만 써 보세요.
그러면 1년 뒤에는 분명 나아져 있을 거예요"
결국 한 줄로, '많이 읽고 많이 쓰기'이다.
'어떻게 하면 글을 잘 쓸 수 있나요?'라는 질문에 대한 가장 정직한 대답이라고 생각한다.

앞서 얘기했던 것이지만, 독서에 관해 글쓰기를 한다고 가정해보자. 독서와 관련하여 책을 많이 읽어둔 경우라면 어떨까. 자신의 독서 경험, 검증된 독서법, 독서를 통해 얻을 수 있는 효과, 나아가 좋은 책을 추천하는 것까지 글 쓸 거리가 풍부하다면 어떨까. 글은 온화하고 여유로울 수밖에 없다.

하지만 반대의 경우라면 어떨까? 관련된 경험이 부족하거나 책을 읽지 않은 경우라면, '독서를 해야 한다'라는 주장만 반복적으로 나올 것이다. 독서의 중요성에 대한 원론적인 메시지에서 그칠 수밖에 없다. 왜냐하면, 글 쓸 거리, 콘텐츠가 없기 때문이다.
'글쓰기'는 '독서'와 떨어질 수 없다.
「위대한 독서의 힘」에서 강건 작가는 말했다.

100권을 읽으면 고정관념이 깨진다.
200권을 읽으면 자신감이 붙는다.
300권을 읽으면 사랑에 눈뜨게 된다.

세상의 모든 사물을 사랑스럽게 바라본다.

500권을 읽으면 진정한 행복의 의미를 발견하게 된다.

700권을 읽으면 어떤 사람을 만나도 지혜를 나누게 된다.

900권을 읽으면 바람처럼 자유로운 사람이 되어 어디에도 매이지 않는다.

1,000권을 읽으면 글을 쓰는 집필 능력을 가지게 된다.

자신의 고정관념으로 가득 찬 글이 있다고 가정해보자. 삶에 대한 자신감이 없는 글, 인생의 의미가 확인되지 않는 혼란스러운 글이 있다고 가정해보자. 반대로 고정관념을 깨는, 세상과 사람에 대한 따뜻함을 느끼게 하는 글이 있다고 가정해보자. 어떤 글을 읽고 싶은가. 어떤 책을 읽고 싶은가.

좋은 책을 읽어야 한다. 고정관념을 깨고 삶에 자신감을 갖게 하는 책을 읽어야 한다. 독서를 통해 지평을 넓히고 세상과 사람을 이해하는 폭을 확장해야 한다. 독서를 통해 거듭난 생각으로 꾸준히 글을 써 내려가야 한다.

거듭 얘기하지만 독서를 많이 하지 않아도 탁월한 재능으로 글을 쓰는 사람들이 있기는 하지만, 정말 극소수에 불과하다.
대부분의 작가들은 다독가이다.

독서를 통해 다양한 가치관, 삶에 대한 조언을 받아들여야 한다.
진짜 괜찮은 글을 쓰고 싶다면 독서를 해야 한다.

괜찮은 글은 괜찮은 생각 속에서 나오고, 괜찮은 생각은 괜찮은 독서를 통해 걸러진다.

글쓰기에 있어 독서는 선택이 아니라, 필수이다.

꽃으로 피어나는 메모

메모 리딩을 꾸준히 하면 책에 담긴 정보와 내 생각이 결합해 나만의 지식이 쌓이게 된다. 내 생각이 노트에 차곡차곡 쌓이면서 생각을 드러내어 표현하고 싶은 욕구가 생겨난다.
즉 글로 표현하고 싶어진다. 메모 리딩은 글쓰기의 시작이다.
–「메모 습관의 힘(신정철)」중에서

냉정하게 말하면 메모는 글쓰기가 아니다. 정확하게 표현하면 잠깐 문자로 옮겨놓는 것이다. 뇌리를 스쳐가는 무언가가 공중에서 사라지기 전에 잠시 붙잡아두는 정도, 생각이나 지식을 자신의 공간 속으로 들여오기 위해 약간 문을 열어놓는 정도, 메모의 역할은 거기까지이다. 메모를 메시지가 있는 한 편의 완성된 글로 마무리했다면, 인정한다. 글쓰기를 했다고. 하지만 그게 아니라, '잠깐', '잠시', '약간'으로 남겨둔 것이라면, 아직은 아니라고 생각한다.

메모의 힘을 부정하는 것이 아니다. 나는 철저하게 메모의 힘을 믿는 사람이다. 순간적으로 떠오른 생각이 사라질까 봐, 촉을 세운다. 가까스로 살려낸 조각이 사라질까 봐 어떻게든, 어디에든 적어두는 사람이다. 잠깐 시간을 내어 메모해두지 않아 사라진 것들, 약간만 노력하면 되는데 귀찮다는 이유로 미뤘다가 영영 기억나지 않은 것들, 그저 안타까울 뿐이다. '그게 뭐였는데'하면서 떠오르지 않을 때의

답답함은 메모의 위력을 실감하게 한다.

우리 집 거실에는 게시판이 하나 있다. 전달할 내용이 있거나, 좋은 글을 적어놓기도 하고, 가족사진을 붙여놓기도 한다. 그리고 동시에 메모장 역할도 하고 있다. 갑자기 생각나는 것이 있으면 급하게 달려가 메모한다. 설거지를 하다가 혹은, 바닥 청소를 하다가도 어떤 생각이 떠오르면 일단 그곳에 메모해둔다. 단어일 때도 있고 문장일 때도 있는데, 떠오르는 대로 적어둔다.

세상이 내게 '세계'를 선물해줬다면
나는 세상에게 '나'를 선물해주겠습니다.

나이가 든다는 것은 잘 들어준다는 것입니다.

언어는 생각의 집입니다.

먼저 당신이 되어봅니다.

'보고 싶다'라고 쓰고 '보고 싶지 않다'라고 말한다.

모두 거실 게시판에 떠오르는 대로 적은 것으로, 급하게 메모해 놓았다가 다시 노트에 쓰거나 블로그에 글을 옮겨 쓴다.
어떤 분이 메모에 대해 이렇게 물었다.
"단어만 적어도 괜찮나요? 문장으로 적어두는 게 더 나은가요?"

사람마다 다르겠지만, 단어보다는 문장을 추천하고 싶고, 단어를 적더라도 단어 하나만 적는 것보다는, 떠오르는 것을 모두 적어두라고 권하는 편이다. 게시판뿐만 아니라, 노트, 핸드폰까지 무엇이라도 괜찮을 것 같다. 자신에게 가장 편한 것을 선택해 자유롭게 메모하면 좋을 것 같다.

친정엄마와 통화를 끝냈을 때의 일이다. 무엇인가 말로 표현할 수 없는, 묘한 기운이 온몸을 휘돌아 나가고 있었다.
따뜻함, 끈끈함, 엄마와 딸, 인생.
순간적으로 떠오른 감정들에 휩싸여 핸드폰 메모장을 열었다. 그리고 빠르게 메모했다.

엄마에게 전화를 합니다.
별 얘기도 없습니다.
잔소리 아닌 잔소리로 끝났습니다.
끊어라...
그 목소리 톤이 높습니다.
조금 풀렸음입니다.
나보다 덜 살아놓고서는...
그 목소리도 높습니다.
그러면 오늘은 오케이입니다.
엄마 오늘 오케이.

메모의 가장 큰 함정은, '메모했다'라는 사실을 잊을 때인데, 그날도 비슷했던 것 같다. 메모장에 적어둔 것이 다음 날 저녁이 되어서야 기억났으니 말이다. 하지만 그렇게라도 기억난 것이 고마워 메모장을 열었고, 바로 블로그 글쓰기 훈련에 돌입했다.

오랜만에 엄마와 통화를 했습니다.
경상도 특유의 높은 톤으로 주고받는 전화,
은밀하면서도 씩씩합니다.
별다른 내용이 없음에도 매번 그렇습니다. 어제도.
다정다감한 목소리로 따뜻하게 마무리될 때도 있지만,
어제처럼 약간 밝고 높은 톤으로 끝마칠 때가 대부분입니다.

예를 들면, 이렇습니다.
"됐다. 끊어라"
"할 얘기 다 했다"
"내가 너보다 더 많이 살았다!!"
"엄마, 내가 책을 더 많이 읽었어!!"
마치 전쟁과 평화처럼 마무리되는 통화에
이해할 수 없는 표정을 짓는 남편도 무리가 아닙니다.

하지만 그럼에도 불구하고
우리 모녀가 주고받는 메시지는 '평화'입니다.
'할 이야기는 다 했다'는 뜻이며,
밝고 높다는 것은
'마음이 풀렸다'라는 것을 알기에 마음이 가벼워집니다

참으로 이상하지요?

아마 살아온 세월에서만 느낄 수 있는

오묘함이 아닐까 싶습니다.

생각을 정리하고, 어떻게 구조화를 시킬까, 집중해서 글쓰기 훈련을 했다. 부족하지만 그렇게 해서 완성한 글이다. 나름대로 퇴고한다고 했었는데, 블로그에서 옮기는데 오타가 발견되어 다시 수정했다. 퇴고의 가치를 한 번 더 느꼈다.

메모장의 글이 '책'으로 태어난 경우도 있다.
집 근처에 화요일마다 장이 서는데, 특별한 일이 없으면 그곳에서 일주일 동안 먹을 과일이나 채소를 사 온다. 몇 년째 계속 다니면서 몇 군데 단골집이 생겼고, 나도 모르게 언제나 그리로 향한다. 서글서글한 웃음으로 마음을 편하게 해주시는 채소가게 아저씨, 하나라도 더 넣어주려고 애쓰는 과일가게 아저씨, 어떤 놈이 더 싱싱할까 고심하는 생선가게 아주머니까지, 화요장을 다녀올 때면 두 손은 무겁고 마음은 풍요롭다.

아마 그날도 그랬던 것 같다. 알 수 없는 감정들이 한꺼번에 쏟아졌고 결국 걸음을 멈추게 만들었다.
도로 중간에 서서 메모장을 열어 글을 썼다. 순식간에.
집으로 돌아오자마자 노트로 옮겼고, 몇 번을 매만지는 과정에서 살아남아 「살자, 한번 살아본 것처럼, 아모르파티」에 실렸다.
그것이 바로 '단골집'이다.

단짝 친구가 있는 것처럼, 단골집이 있습니다.

매주 화요일에 들어서는 장.
그곳에는
채소를 사는 단골집,
과일을 사는 단골집,
생선을 사는 단골집이 있습니다.
단골집은 단짝 친구처럼
서로에게 기대어 마음을 나누는 공간입니다.

서로를 할퀴거나 상처를 주는 것이 아닌,
삶의 든든한 조력자들입니다.
작은 당근 하나를 살짝 더 넣는 마음.
귤을 몇 개 더 담는 손길.
가장 싱싱한 생선을 골라내는 분주한 시선.
단골집이 아니면 느낄 수 없는 맛입니다.

"얼마예요?"가 아니라
"오늘 날씨 따뜻하죠?"라며
안부를 묻는 단골집.
몽글몽글한 정이
굴뚝의 연기처럼 모락모락 솟아오릅니다.
살맛 나는 세상입니다.

메모는 자본이다.

메모는 생각의 창고이다.

메모는 글쓰기의 출발점이다.

메모 습관의 힘에서 신정철 작가는 '메모가 글쓰기로 이어져야 하는 이유'를 다음과 같이 설명하고 있다.

> ***첫째, 글쓰기로 생각의 빈틈을 발견하고 메울 수 있다.***
> ***둘째, 글쓰기를 통해 메모가 유통될 수 있는 지식으로 탈바꿈할 수 있다.***
> ***셋째, 메모가 글로 완성되었을 때 가치를 만들어낸다.***

개인적으로 깊게 공감했던 기억이 난다.
메모가 글쓰기로 거듭나는 동안 생각은 깊어지고, 의식은 확장된다. 자신의 관점만이 아니라, 타인의 관점도 들여다보게 된다. 나아가 그것을 글로 완성했을 때는 공감을 이끌어내고 삶의 가치를 공유하게 만든다. 시작은 사소함이지만, 결코 사소하게 마무리되지 않는 힘이, 메모의 숨은 위력이다.

「대통령의 글쓰기」의 강원국 작가는 두 대통령의 공통점으로 독서와 메모를 빠뜨리지 않았다. 늘 가까운 곳에 메모지를 두고 기록했다는 두 대통령, 그들의 말과 글이 결코 순간의 느낌으로 완성되지 않았음을 알 수 있는 대목이다.

글을 쓰려고 할 때, 마땅히 떠오르는 것이 없어 고민할 때가 있다.

그럴 때는 메모가 좋은 두드림이 된다.

작은 메모 노트도 좋고, 핸드폰의 메모장도 좋다.

어느 것이어도 좋다.

자신에게 편한 것을 사용해 순식간에 사라지는 생각이나 감정을 붙잡아두자. 순간적으로 감각을 건드린 것들과의 인연을 기록해두자.

잊지 말자.

메모의 힘은 위대하다.

시작은 '메모'였지만, 마무리는 '글'이 될 수 있다.

시작은 '씨앗'이었지만, 마무리는 '꽃'이 될 수 있다.

그게 '메모'다.

최고의 교정, 낭독

첫 번째 공저 「언니들, 인생을 리셋하다」를 진행할 때의 일이다.
누군가 이런 질문을 했다.
"어떤 사람의 글이 가장 잘 쓴 것 같나요?"
각각의 개성으로 써 내려간 글을 두고, 가장 잘 쓴 글을 찾으라고 해서 참 난감했던 기억이 난다. 처음 쓰는 책, 처음 써 보는 공저. 가장 잘 쓴 글을 찾기보다는 전체적인 조화를 완성하는 데 중점을 두면서 완성한 작품이라, 하나, 하나가 소중했던 기억이 난다.

가끔 수업시간에 첨삭이나 상세한 피드백을 원한다는 느낌을 받을 때가 있다. 하지만 나는 개인적인 의견을 최대한 미루는 편이다.
이것은 글쓰기 수업을 시작할 때부터의 마음이다.
나와 똑같은 글을 쓰게 하지 않겠다.
밖에서 안으로 넣어주기보다, 안에서 밖으로 나오는 것을 도와주는 글쓰기를 하겠다.

지금까지도 변함없는 나의 글쓰기 철학이다.
특히 초고를 쓸 때는 더욱 그렇다.
하지만 퇴고를 진행할 때는 말이 조금 많아진다. 그 갈증을 알기에.

장문으로 너무 길게 쓰지는 않았는지.

읽으면서 금방 이해가 되도록 쉽게 썼는지.

동사의 시제는 똑같은지.

전달하려는 메시지가 무엇인지.

중간에 메시지가 바뀌지는 않았는지.

쉼표나 마침표는 적절한지.

맞춤법이나 문장부호를 확인했는지.

소제목마다 제목을 한 줄로 표현할 수 있는지.

그래도 부족하다 싶으면, 마지막으로 낭독을 하게 한다.
낭독의 효과는 많은 사람들이 인정하는 것으로, 낭독은 '소리 내어 읽는 것'을 말한다.
혼자 소리 내어 읽는 경우와 상대방에게 전달하기 위해 음의 장단을 조절하며 읽는 경우, 둘 다 낭독에 해당된다. 무엇보다 낭독은 시각과 청각을 동시에 자극하며, 높은 집중력을 발휘해 몰입도를 높여준다. 그래서 낭독을 하는 동안, 저절로 교정이 이뤄진다. 오류도 상당 부분 줄일 수 있고, 글도 훨씬 매끄럽게 다듬을 수 있다.

혼자 소리 내어 낭독을 한 후에는, 다른 사람에게 글을 넘겨주어 읽게 하는데, 이때 조금 특이한 현상이 일어난다. 똑같은 글을 '글을 쓴 사람'이 낭독할 때와 다른 사람이 낭독할 때, 차이가 생긴다는 사실이다. 혼자 낭독할 때 무리가 전혀 없었던 문장인데, 다른 사람이 글을 읽는 동안, '이상하네'라는 느낌과 함께 질문이 생겨나는 것이다.

"지금 할아버지 얘기죠?"

"그러니까, 과거에 그랬다는 이야기죠?"
"지금 두 명의 이야기를 동시에 하고 있는 것이죠?"
고개를 갸우뚱거리면서 확인하는 모습, 여러 이유가 있겠지만 호흡의 차이라고 생각한다.

글은 호흡으로 쓴다.
개개인이 자신의 호흡으로 써 내려간다. 낭독할 때도 마찬가지다. 호흡이 편한 곳에서, 의미를 잘 전달할 수 있도록 리듬에 맞춰 읽는다. 그것은 다른 사람이 누군가의 글을 읽어줄 때도 똑같다. 자신의 호흡으로 쉬고, 자신의 이해 구조로 읽어 내려간다. 그런데 호흡의 차이로 인해 어디에서 끊어야 할지 혼동이 생기면서, 어느 순간 '여기가 아니네?'라는 느낌을 가지는 것이다.

어떻게 보면 이해되지 않는 문장이 생겨나는 것에 대해서도 '그럴 수 있어'라고 넘길 수도 있겠지만, '혼자 읽는 글'이 아니라, '읽히는 글'이라는 관점에서는 중요한 부분이 아닐 수 없다. 의도한 대로, 전하고자 하는 메시지가 제대로 전달되지 못할 수도 있기 때문이다. 돌아가며 읽는 윤독도 비슷하다. 글을 쓴 사람은 깨닫게 되고, 글을 읽는 사람은 저절로 배우게 되는, 서로가 서로에게 도움이 되는 교정이 바로 낭독이다.

'여기서 이렇게 이해될 수도 있구나'
'동사가 왜 이렇게 왔다 갔다 하지?'
'생동감이 아니라 오히려 지루해 보여'

낭독을 통해 깨닫고 나면, 그다음부터의 퇴고는 달라진다.
기존에는 철저하게 '쓰는 사람' 입장의 퇴고였다면, 그때부터는 '읽는 사람' 입장에서 퇴고를 진행하게 된다. 문장력 갖춘 완벽한 글은 아니어도, 적어도 읽었을 때 '잘 읽히는 글'이 되기 위한 방향으로 퇴고를 진행하게 된다.

읽는 순간 머리에 그림이 그려지고, 메시지가 무엇인지 금방 가슴에 와닿는 글이 있다. 미사여구나 화려한 문체가 아니어도 '그래, 그래' 하며 고개가 끄덕여지는 글이 있다. 그러한 글을 쓰고 싶다면, 반드시 낭독을 해봐야 한다. 혼자 소리 내어 읽어보고, 반복해서 읽어보는 것으로도 상당한 효과를 거둘 수 있다. 주위 사람이나 친구에게 읽어보게 하는 것도 좋은 방법이다.

시험 칠 때, 문제를 천천히 읽어보는 것만으로도 이해력을 높일 수 있는 것처럼, 퇴고하는 과정에서 기본적인 오류를 점검하고, 의미 전달에 문제가 없는지 확인하는데, 낭독만 한 것이 없다.
한 명이라도 더 잘 이해할 수 있는, 괜찮은 글을 쓰고 싶다면, 낭독을 잊지 말자.
소리 내어 읽고, 반복해서 읽어보자.
낭독을 하다 보면, 저절로 교정이 이뤄진다.
"최고의 교정은 낭독"이라는 말이 있다.
그 말을 나는 아주 격하게 공감한다.

제4장

나는 쓰면서 날마다 성장한다

당신만이 전할 수 있는 이야기를 써라.

당신보다 더 똑똑하고 우수한 작가들은 많다.

– 닐 게이먼

오늘도 글을 쓰는 이유

내게 '글쓰기'는 끊임없는 나 자신과의 대화이다.
나는 누구인지.
원하는 삶이 무엇인지.
인생을 완성시키는 방법은 무엇인지.
죽음의 순간 앞에서 '나는 죽고 싶지 않아'가 아니라 '나는 누구였다'라고 주눅 들지 않고 대답할 수 있기를 희망하며 오늘도 글쓰기를 이어가고 있다.

인어공주는 사람의 다리를 얻기 위해 자신의 목소리를 포기했지만, 인생의 진실을 찾기 위해 내가 가장 먼저 한 일은 '나의 목소리를 찾아오는 일'이었다.
나의 목소리를 믿는 것.
나의 목소리를 찾아 제 자리로 데려오는 것.
나의 목소리로 이야기하는 것.
글을 쓰는 내내, 머릿속을 떠나지 않았던 질문들이다.

그 대답을 위해서는 부정적인 생각이나 짓눌려있던 패배의식과 마주할 용기가 필요했다. 너른 들판을 이불 삼고 파란 하늘을 베개로 삼는 배짱도 필요했다.
처음에는 모든 것들이 조각난 생각을 억지로 퍼즐에 끼워 맞추는 것처럼, 불편했다. 익숙하고 편안한 생각과의 결별도 어려운 일이었다. 하지만 축적의 힘은 대단했다.

100의 용기가 필요했던 일들이 80, 50, 40의 용기만으로도 가능하게 되었고, 100의 배짱으로 가능했던 일이 70의 배짱으로도 덤빌 수 있게 되었다.
그렇게 쌓아온 용기와 배짱으로 나는 오늘도 글을 쓴다.
여전히 어디선가 알밤 하나 툭 날아와 뒤통수를 때릴 것 같은 두려움을 뒤로한 채.

자판 위의 손이 멈칫거릴 때가 있었다. 그럴 때마다 애써 고개를 흔들었다. 누구인지도 모르는 사람으로부터의 받은 메일, "덕분에 힘 얻었습니다"라는 짧은 메일 한 통에 혼자 온갖 의미를 부여하며 순간을 버텨냈다. 그 시간이 십 년을 훌쩍 넘겼다. 나는 오늘도 약간의 용기와 약간의 배짱으로 살아가고 있다. 다른 무엇도 아닌 시간의 힘을 견딘 것, 두려움에도 고개 흔들며 쌓아올린 것, 그것들에게 의지하면서 말이다.

내가 오늘도 글을 쓰는 이유는 누군가에게 어떤 특별한 가르침을 줄 만큼 깨달았기 때문이 아니다. 단지, 내가 그랬듯 글쓰기가 '나는 누구인지', '내가 원하는 삶은 무엇인지', '어떻게 인생을 완성하고 싶은지'와 같은 질문에 조금이라도 도움을 줄 수 있을 거라고 믿기 때문이다.

시대를 떠나 사람이라면 누구나 갖게 되는 인생에 대한 질문과 그 대답을 나는 글쓰기를 통해 배울 수 있었다.
철학이나 역사와 같은 학문적 접근이 아니어도, 글쓰기는 삶을 이해하고, 인생의 의미를 발견하는 데 도움이 된다고 나는 믿고 있다.
그 이유로 오늘도 나는 글을 쓴다.
동시에 같은 이유로 누군가에게 글쓰기를 권하며 살아가고 있다.

글쓰기는 재능이 아니라 태도이다

글쓰기는 '육지'와 '섬'을 이어주고, '섬'과 '섬'을 이어주는 통로이다.
'머리'와 '가슴'을 이어주고, '가슴'과 '다리'를 이어준다.
'과거'와 '현재'를 이어주고, '현재'와 '미래'를 이어준다.
경험에게 '의미'를 부여하고, 낯선 것들에게서 '의미'를 찾게 한다.
글쓰기는 연결이며, 통로이다.
그런 이유로 글쓰기는 드러내는 용기를 필요로 한다.

글쓰기 특강을 진행할 때의 일이다.
일반적인 주제를 선택했다고는 하지만, 과연 몇 분이 마음을 드러낼까. 워낙 연령층이 다양했던 터라 걱정이 많았다.
하지만 그것은 기우였다.
참가한 분들 모두 각자의 방식으로 고마움과 미안함, 사랑을 글로 표현해주었다. 참으로 감사한 순간이었다.

수업 중에 종종 이런 질문을 받는다.
"어디까지 표현해야 하나요?"
"글을 쓸 때, 어느 정도가 적당한가요?"
그런 질문에 대한 대답은 언제나 비슷하다.
"드러내고 싶은 만큼, 표현하고 싶은 만큼 쓰면 됩니다.
평가받는 것도 아니고 시험 보는 것도 아닙니다.

내 마음이 허락하는 만큼 쓰면 됩니다"
짧은 표현이 아쉬웠던 걸까. 뭔가 아쉽다는 표정이 눈에 띄면 몇 마디 덧붙이기도 한다.

"사실 글쓰기는 용기가 필요합니다.
'내 생각이 이래, 내 마음이 그렇다는 거야'를 드러낼 수 있는 용기가 필요합니다.
약간의 뻔뻔함도 필요합니다.
'다른 사람은 모르겠는데, 내 생각은 이렇다는 거야'와 같은.
글쓰기 수업을 통해 얻었으면 하는 것은 이런 것들입니다.
'내 삶도 괜찮았어'
'나도 괜찮은 사람이었어'
'지금까지 잘해왔네'
'잘 해낼 수 있을 거야'
바로 '자존감 회복'입니다.

지금까지의 삶을 긍정하고, 자신을 더 사랑하게 해주는 것, 이것이 글쓰기의 최종 목적지입니다. '어느 정도까지 드러내느냐'가 아니라 '어느 정도까지 긍정하느냐'가 더 정확할 것 같습니다.
글쓰기 수업이지만, 실은 자존감 회복 수업입니다"

우리 모두는 내면에 '빛'을 가지고 있다.
글쓰기는 내면에서 흘러나오는 '빛'이 외부 세계와 만나는 순간의 기록이며, 내 안의 것들과 세상을 조율하는 만남의 장소이다. 그래서 글쓰기, 특히 생활 글쓰기에는 정답이 따로 있다고 생각하지 않는다. '지금까지의 삶을 들여다보겠다'라는 용기와 '지금의 나를 사랑하겠다'라는 의지만 있다면 누구나 글을 쓸 수 있다.

글쓰기는 재능이 아니라, 태도의 영역이다.
인생에 대한 태도, 자신에 대한 태도가 글로 표현되는 것뿐이다.

수필가의 삶은 힘들지 않나요?

"수필가로서의 삶은 힘들지 않나요?"
글을 쓴다는 것은 자기표현이며, 자신의 주장을 드러내는 것이다. 어떤 사실에 근거하여 주장을 펼치기도 하고, 공감을 얻기 위해 설득하기도 한다. 누군가의 얘기처럼, '그건 소설이니까요'라고 말할 수 없는 것, 그것이 수필이다.

"수필가로서의 삶이 힘들지 않나요?"라는 질문은 '글에 대한 책임감'을 함께 묻는 것 같아 사실 쉽지 않은 질문이다. 그런데 어려운 질문에 대한 대답을 고민하기도 전에, 자판을 두드린다거나, 펜으로 종이를 채워나가고 있으니, 글쓰기에 중독된 것은 분명해 보인다.

무엇을 위해 살아가고 있는가.
어떻게 살고 있는가.
지금 잘 가고 있는가.
스스로에게 던지는 수많은 질문을 글로 대답하면서 살아왔다.
글을 쓰기 위한 삶인지, 삶을 위한 글쓰기인지 가끔은 나조차도 헷갈린다.

"수필가로서의 삶은 힘들지 않나요?"
이 질문은 이렇게 바꿔도 괜찮을 것 같다.

"글쓰기로 이어온 지금까지의 삶을 만족하나요?"

"지금 행복하나요?"

가끔 책 강연이나 수업 중에 이런 말이 불쑥 튀어나올 때가 있다.

"나도 언제까지 무엇을 해 볼게요"

"지금부터 저도 이렇게 한 번 해 볼게요"

'말에 대한 책임감'을 그 무엇보다 무섭게 여기는 사람이기에, '글에 대한 두려움'을 아는 사람이기에, 웬만하면 어려운 상황을 만들지 않으려고 노력했던 사람이 '나'였다.

불구덩이로 밀어 넣지 않고, 흔한 말로 '안전제일주의'를 추구하며 살아왔고, 책임지지 않아도 되는 만큼의 적당한 거리를 유지하며 살아온 사람이 '나'였다.

그랬던 내가 '시도하는 사람이 되세요', '실수를 실패라고 기록하지 마세요'라는 말을 하고 있으니, 그 모습에 나도 깜짝, 깜짝 놀라게 된다. 언젠가 '무엇이 나를 이렇게 만들었을까'라는 생각을 해 본 적이 있다. 동시에 여러 생각이 떠올랐는데, 가장 먼저 떠오른 대답은 '밀어 넣기'였다.

더 이상 도망갈 수 없도록, 상황을 만들어 그 안으로 밀어 넣기.

예를 들어 이런 식으로 말이다.

'지금부터 시도하는 사람이 될게요'라고 먼저 글을 쓰는 것이다. 즉, 글에 대한 책임감을 무겁게 느끼는 나를 '시도하는 사람'이 되도록 상황을 만드는 것이다. '실수를 실패라고 기록하지 마세요'라는 제목의 글에 실패라고 기록했던 경험을 되살려낸 다음, 지금부터의 경험이 좋은 배움이 될 거라고, 새롭게 시작하라고 부추기기도 했다. 지금까지 수필가로 살아오는 동안, 스스로에게 기울인 노력은 그런 것들이었다. 원하는 모습을 갖출 수 있도록 나를 대상으로 시험해보는 것, 누구도 아닌 나를 먼저 밀어 넣어 보는 것, 그것이 전부였다. 최고의 경험을 하거나, 최고의 배움을 얻을 수 있을 거라는 생각으로 말이다. 물론 결과는 성공적이다.

"글쓰기로 이어온 지금까지의 삶은 만족하시나요?"
만족한다. 글쓰기를 통해 나를 다듬을 수 있었기에 만족한다. 변화를 두려워하면서도, 시도하는 사람이 되기 위해 노력했던 날들의 기록이 삶의 동력이 되어 나를 이끌어가는 느낌이 좋다.

"지금 행복하나요?"
절대적인 기준에서의 행복이 아니라면, '이 정도의 부와 명예를 지녀야 한다'라는 관념론적 기준이 아니라면, 나는 행복하다. 누군가를 위해서가 아니라, 스스로에게 부끄럽지 않은 삶을 살기 위해 노력해온 시간들을 나는 긍정한다. 글에 대한 책임감으로 부담스러울 때도 많았지만, 그 과정에서 한 뼘의 성장이 이뤄졌음을 동시에 긍정한다.

공저 쓰기를 마무리하면서 그런 말을 했었다.
"사람이 책을 만들었지만, 나중에는 책이 사람을 만듭니다.
지금 여러분이 글을 써서 책을 만들어내지만, 훗날 이 책이 여러분을 이끌어줄 것입니다.

책을 통해 자신과 새로운 약속을 만드는 것입니다. 이 책은 그 누구도 아닌, 글을 쓴 여러분을 위해 가장 먼저 쓰일 것입니다"

글은 내부와 외부의 만남이다.
글은 자신과 세상의 만남이며, 자신과 타인의 만남이다.
그러므로 글 이전에 '자신의 생각'을 먼저 살펴봐야 한다.
하지만 자신의 생각을 들여다볼 기회가 많지 않은 것도 사실이다.
특히 제삼자가 되어 들여다볼 기회도 더욱 없었다.

학교나 기업에서 에세이나 글쓰기가 한창이다.
그 배경에는 여러 이유가 있겠지만, '생각 들여다보기'가 아닐까 싶다. 자신의 생각이 무엇인지 제삼자가 되어 들여다보라는 것, 그것이 가장 큰 이유가 아닐까 싶다.
그런 흐름에서 본다면, 자판을 두드리고, 백지와 친분을 쌓아온 수필가로서의 삶은 어쩌면 행운이었는지도 모르겠다. 적어도 자신의 생각을 들여다볼 기회가 누구보다 많았으니 말이다.

순간적으로 떠오르는 생각을 모아보자.
경험이든, 사건이든, 그것들을 정리해보자.
그렇게 쓴 글을 제삼자가 되어 들여다보면서 하나씩 점검해보자.
왜 그런 걱정을 하고 있는지.
자신의 생각은 무엇인지.
과정을 통해 어떤 결론을 내리고 있는지.
진심으로 원하는 방향으로 나아가기 위해 무엇을 해야 하는지까지.

생각의 수준을 높여주고, 사색의 기준을 높여줄 것이다.

계속해서 글을 쓰다 보면 예상했던 것보다 훨씬 많은 것을 얻을 수 있을 것이다.

"종이 위에 쓰면 이뤄진다"라는 말이 있다.

나는 그 말을 이렇게 바꾸고 싶다.

종이 위에 쓰면 생각이 바뀐다.

종이 위에 쓰면 마음이 바뀐다.

종이 위에 쓰면 인생이 바뀐다.

All books
£1.00
Basic Coarse Fishing
WORLDS OF NATURE
Garden Plants for Everyone
WHERE TO FISH
FISHING IN BRITAIN
ENGLISH SOCIAL HISTORY
BIRCHLAND

나만의 인생 사전을 만들다

괴테는 말했다.

당신이 자주 가는 곳, 당신이 자주 만나는 사람, 당신이 읽는 책이 당신을 말한다.

자주 사용하는 표현이나 문장을 살펴봐야 한다.

시간 관리에 철저한 사람들의 말에는 '시간'에 관한 이야기가 많다.

재능보다 끈기나 노력을 강조하는 사람들의 글에는 '끈기'나 '노력'에 관한 얘기가 많다.

이것은 지극히 자연스러운 현상이다.

말이나 글에는 그 사람만의 철학이 담겨있다.

말과 글은 사고의 수준을 보여주는 것이며, 생각의 수준을 보여주는 것이다. 세상을 어떻게 바라보는지, 무엇에 집중하며 살아가는지 자연스럽게 녹아져있다.

자신의 말과 글을 꼼꼼하게 들여다봐야 한다.

평소에 어떤 말을 자주 하는지, 어떤 표현을 자주 사용하는지, 무엇에 관심을 두고 있으며, 세상을 살아가는 기준이 무엇인지 알 수 있다.

글쓰기 수업시간에 '나의 어록 50개 만들기'를 한 적이 있다.

어록, 특별한 요구는 없었다. 평소에 자주 사용하는 말, 자주 떠올리는 문장이나, 중요하다고 여기는 것을 한 줄로 표현하라는 주문이었다. 명언이나 책의 유명한 구절을 모방해도 괜찮다고 했고, 패러디 또한 무방하다고 했다.
자신을 표현할 수 있는 어록, 무엇이든 괜찮다고 말했다.
글쓰기 훈련 시간에 나온 어록들이다.

똑같은 실수를 계속하는 것은 변화할 마음이 없다는 의미이다.
기록하고 확인하면 실수가 줄어든다.
대화는 이기기 위한 것이 아니라, 공감하고 공존하기 위함이다.
통찰은 관찰을 통해 길러진다.
말 공부보다 사람 공부, 인생 공부가 먼저다.
편견을 공정으로 바꿔라. 세상이 공평해 보일 것이다.
좋은 말은 사람의 행동을 변화시킨다.
모든 혁명의 시작은 종이 위에서 이루어졌다.
정직한 실수에는 희망이 숨어 있다.
두려움이 더 커지기 전에 지금, 당장 시작해야 한다.
글을 쓰는 사람은 진짜 행복한 사람이다.

좋은 여행인지 아닌지는 함께하는 사람이 결정한다.
모든 사람의 첫 페이지는 빈 페이지였다.
나의 성공을 바라는 사람이 많을수록 성공에 더 가까워진다.
'잘 해내는 사람'을 욕심내지 말고, '한 번 해보는 사람'을 꿈꿔라.
어차피 선택해야 한다면, 마음 따라가라. 덜 원망한다.
'혼자 잘 노는 사람'이 둘이 되어도 잘 노는 법이다.
'혼자 잘 노는 사람'이 되어라.

다른 사람에게 자꾸 묻지 마라. 사실은 그들도 잘 모른다.
'무엇을 하면 부자가 될까'가 아니라 '어떻게 하면 행복할까'를 기준으로 삼아라.
계획대로 안 되는 것이 인생이라고 말한다. 하지만 그렇기 때문에 계획이라도 필요한 것이다.
한 번에 열 개 하려고 덤비지 말고, 하나에 온 마음을 쏟아라.
열정은 일의 우선순위를 분명하게 한다.
자신의 경험이 전부가 아닐 수 있다.
'자신'을 믿어야 하지만, '자신의 것'만 믿지는 마라.

일상이 모여 인생이 된다.
오늘 하루를 잘 보내는 사람이 내일도 잘 보낼 수 있다.
스스로에 대한 믿음만 있다면, 누구나 어느 정도 성과를 만들어 낼 수 있다.
선택이 결과를 만들지는 못하지만 과정은 결과를 만드는데 필수다.
관계에는 시간의 힘이 필요하다.
그저 내 마음만으로 이뤄지는 것이 아니다.
고마울 때 고맙다고, 미안할 때 미안하다고 말하는 사람이 되어라.
마음의 빚 남기지 마라.

'간절하게 원하는 순간'이 가장 적당한 '때'이다.
오는 사람 막지 말고, 가는 사람 막지 마라.
오는 마음 막지 말고, 가는 마음 막지 마라.
죽음을 기억하는 삶을 살아라.

무엇을 시작하기에 가장 좋은 날, 무엇을 마무리하기에 가장 좋은 날, 오늘이다.

가는 말이 괜찮으면 오는 말도 대충 괜찮다.
대충이라도 괜찮은 말을 하는 사람이 되어라.
좋은 습관은 좋은 일상을 만들고,
좋은 일상은 좋은 인생을 만든다.
소중한 것은 안에 있는 법이다.
인생은 의도하지 않은 것을 허락할 때, 훨씬 자유롭게 살아갈 수 있다.
'더 나은 사람'이 되기 위해 노력하는 사람들, 그들을 친구로 만들어라.
'어제보다 더 나은 사람'이 될 수 있다.

인생에 대해 스스로 책임지는 사람을 만나라.
인생에 대한 태도가 바뀐다.
'어떤 사람을 만나고 싶다'는 욕심보다, 자신이 어떤 사람인지 먼저 살펴봐야 한다.
상대를 인정할 때 관계는 발전한다.

자신 없는 부탁은 차라리 거절해라. 괜히 밤잠 설친다.
누군가의 평가를 기준으로 삼으면 먼 길 못 간다.
기준은 언제나 '자신'에게 있어야 한다.
어린아이의 마음으로 배워라. 배움이 즐거움이 된다.

말을 듣는 사람이 되지 말고, 말을 들여다보는 사람이 되어라.
가장 중요한 것은 자신을 믿는 마음이다.
스스로를 믿는 마음, 세상을 내 편으로 만드는 가장 확실한 방법이다.

유명한 명언을 조금 바꾼 것도 있고, 베스트셀러나 잘 알려진 책 제목을 그대로 가져온 것도 있다.

자주 사용하는 표현이나 말을 모아 어록 모음집을 만들어보자.
하루 한편 글쓰기나 일기 쓰기가 어렵다면, 하루에 한 문장 '나의 어록 만들기'를 시도해보자.
국어 대사전처럼, 인생 가치사전처럼, 지금부터라도 나만의 인생 사전을 만들어보자.

어떤 책이 가장 의미 있으세요?

박웅현 선생님을 대구 콘텐츠 코리아랩 강연장에서 만난 적이 있다.
“여덟 단어 중에서 가장 소중하다고 생각하는 것이 무엇인가요?”
「여덟 단어」를 좋아하는 것도 있지만, 굉장히 궁금했던 터라 질문하지 않을 수 없었다. 그때, 박웅현 선생님은 말했다.
“이런 질문 기자들이 자주 던지는 질문인데요. (웃음)
모두 중요한데요,
그래도 첫 번째, 자존이 아닐까 싶습니다”
친절한 미소로 자존과 관련된 설명을 한 후, 선생님은 이런 말을 덧붙였다.
“자주 하는 생각인데요, 아홉 번째 단어로 사색이 떠오릅니다”

아마 비슷한 마음이지 싶다. 종종 내게 이 질문을 던지는 이유가.
“어떤 책이 가장 의미 있으세요?”
2006년 「행복한 백만장자」를 시작으로, 「마중물(2010)」, 「오늘, 또 한 걸음(2014)」, 「책장 속의 키워드(2016)」, 「언니들, 인생을 리셋하다(공저,2016)」, 「살자, 한번 살아본 것처럼 아모르파티(2017)」까지, 지금까지 공저를 포함해 6권을 출간했다.

「행복한 백만장자」

가장 미생(未生)의 단계에서 세상과 만난 책이다. 사실 당시에, 첫 책

이 나왔다는 사실은 나와 남편만 아는 비밀이었다. 누군가에게 알릴 수 없는 아니, 누군가가 아는 척할까 봐 오히려 두려웠다.

실수를 지적할까 봐.

틀렸다고 말할까 봐.

그게 아니라고 얘기할까 봐.

무슨 마음으로, 무슨 용기로 덜컥 책부터 냈는지, 지금도 잘 모르겠다.

앞으로 어떤 일이 벌어질지, 어떤 방향으로 가야 할지도 모르면서 그저 마음이 시키는 대로 행동했다. 하지만 '시작이 반'이라고 했던가. 그렇게 첫 책을 세상에 던져놓은 후부터, 이상한 습관이 생겨났다. 하루에 한 번 혹은 두, 세 번, 믹스커피를 연거푸 들이부으면서 컴퓨터 화면을 앞에 두고, 자판을 두드리고 있었다.

아이가 낮잠 자는 시간, 남편이 늦게 귀가하는 시간, 아이가 혼자 놀고 있는 시간, 일상 속에 틈이 생길 때마다 컴퓨터 앞으로 달려가는 것이었다. 먹이를 찾는 사자처럼 이유를 알 수 없는 본능에 가까운 행동을 이어갔고, 결국 2010년 또 하나의 이름이 세상과 만났다.

「마중물」

'우물에서 물을 퍼 올리기 위해 쓰는 한 바가지의 물'을 마중물이라고 하는데, 책을 출간될 당시는 개인적으로 가장 고민이 깊었던 시절이다. 큰아이 병원, 둘째 출산, 그리고 수술까지. 낮은 뜨겁게 바빴고, 밤은 지독하게 두려웠다. '새벽이 오기 전이 가장 어둡다'라는 문장을 붙잡고, 긴 터널의 끝에 서 있는 사람처럼, 자판을 두드리면서 버텨냈다. 그렇게 나를 응원하는 마음으로, 평온함을 기원하는 마음으로, 산타클로스를 기다리는 아이의 마음으로 모아낸 책, 「마중물」이다.

사실 그때까지도 몰랐다. 왜 내가 계속 글을 쓰고 있는지.
글을 쓰고 싶었고, 멈추고 싶지 않았을 뿐이다.
글을 쓰는 동안의 평온함을 포기하고 싶지 않았을 뿐이다.

그러면서 2014년, 「오늘, 또 한 걸음」을 출간했다.
책이 나온 후 얼마 되지 않았을 때의 일이다.
낯선 사람으로부터 한 통의 메일을 받았다.
"좋은 글 덕분에 힘을 냅니다. 고맙습니다"

짧은 메일 한 통이었지만, 그날, 그 메일을 읽었을 때의 감동을 아직도 잊지 못하고 있다. 정체를 알 수 없는 수많은 감정들이 한꺼번에 내 안으로 파고들었던 그날, 비로소 나는 깨달았다.
내가 세상과 대화하는 방식이 무엇이며, 세상과의 간격을 어떻게 조율해나가는지를.
삶이 어떻게 글이 되며, 글쓰기가 어떻게 삶을 이끌어 가는지, 그날 선명하게 느낄 수 있었다. 삶의 의미를 찾은 기쁨, 그 자체였다.

그 이후부터는 많은 것들이 수월했다.
과정적인 어려움이 없지 않았지만, '왜'라는 질문에 대해 스스로 대답할 수 있었기에 묵묵히 걸어올 수 있었다. 「책장 속의 키워드」, 「언니들, 인생을 리셋하다」에 이어 「살자, 한번 살아본 것처럼 아모르파티」까지.

공자는 말했다.

"잘하는 것은 좋아하는 것만 못하고, 좋아하는 것은 즐기는 것만 못하다"

독서든, 글쓰기든 잘한다고 시작한 일이 아니었다. 그저 책 읽는 시간이 좋았고, 글 쓰는 시간을 즐겼을 뿐이다.

그 시간들의 합계가 '지금'일 뿐이다.

박웅현 선생님에게 누군가 이렇게 질문했다.

"어떤 광고가 가장 기억에 남으세요?"

"모든 광고가 다 의미 있고, 기억에 남죠. 그런데, 딱 하나를 뽑으라고 하면 '진심이 짓는다'일 것 같아요. 기존 아파트 광고의 틀을 바꿨다는 평가를 받았던 '진심이 짓는다', 그게 기억에 남아요"

"어떤 책이 가장 의미 있으세요?"

아마 나는「오늘, 또 한 걸음」이라고 대답할 것 같다.

'진심을 짓는다'처럼 그 책은 개인적으로 삶의 틀을 바꿔주었고, 생각의 틀을 바꿔주었다. 불분명하게 이어온 많은 것들을 명쾌하게 정리해주었고, 동시에 단순함과 자유로움을 내게 선물해주었다.

그렇지만 여기에는 중요한 비밀이 숨어있다.

「오늘, 또 한 걸음」은 무식해서 용감했던 첫 책,「행복한 백만장자」가 있었기 때문에 가능했다는 사실이다. 만약 그 무모한 첫 시도가 없었더라면, 두 번째, 세 번째 책은 나오지 못했을지도 모른다.

이러한 삶의 경험 때문일까.

나는 철저하게 '시도하는 삶'을 응원한다.

어떤 성과를 떠나 '어떻게 살고 싶은지'에 대한 몸부림을 응원하며, 한 걸음, 한 걸음 우직하게 나아가는 발걸음을 사랑한다. 무엇보다 독서나 글쓰기가 인생의 의미를 발견하는 가장 좋은 도구라고 확신하면서 말이다.

작은 시작을 귀하게 여기는 태도, 삶을 긍정적으로 바라보는 태도를 나는 글쓰기를 통해 배웠다.
그 마음으로, 오늘도 나는 자판을 두드린다.

웅크림의 시간.

방황의 시간.

그 모든 것들은 인생에서

한 번은 지나가야 할 사춘기처럼

피할 수 없는 이름입니다.

인생이란

가장 좋은 것만으로 살아가지도

가장 아픈 것만으로 살아가지도 않습니다.

약간 좋은 것들과

약간 아픈 것들이

절묘한 비율로 찾아 들어오는 것.

그것이 '인생'입니다.

무너지지 말고,

포기하지 말고,

조금만 더 버텨주었으면 좋겠습니다.

곧, 곧 동풍이 불어올 것입니다.

곧.

–「살자, 한번 살아본 것처럼 아모르파티」 중에서

'글'로 질문을 던지는 사람

글로 표현하기를 좋아하는 사람들, 나는 그들을 '글쟁이'라고 불러주고 싶다.

감정적으로 해결된 것이든, 해결되지 않고 남은 것이든, 자신 안에 남아있는 흔적을 들춰내는 사람들, 나는 그들을 '글쟁이'라고 불러주고 싶다. '그럼에도 불구하고'라는 이름으로 살아남은 것들을 껴안은 사람들, 나는 그들을 '글쟁이'라고 불러주고 싶다.

강연자가 '강연'을 통해 질문을 던지듯, 가수가 '노래'를 통해 질문을 던지듯, 글쟁이는 '글'을 통해 질문을 던지는 사람들이다.

질문은 곧 관심이며, 사랑이며, 태도이다.

세상에 대한 관심, 사람에 대한 사랑, 인생에 대한 태도.

어떤 글을 읽었다고 갑자기 사람이 바뀌지는 않는다.

어떤 글을 읽었다고 갑자기 삶이 바뀌지도 않는다.

하지만 글쟁이가 섬세하게 되살린 불씨를 통해 삶의 촉수를 회복할 수는 있다.

글쟁이는 그 순간을 위해 질문을 던진다.

글쟁이는 관계를 발굴하고, 의미를 부여하는 '질문자'의 역할을 묵묵히 자처하며, 태양 아래 새로운 것은 없지만, 날마다 새로워져야 하는 이유를 제시하기 위해 노력하는 사람들이다.

글쟁이는 너무 거창한 것을 추구하지 않는다.
세상에 없던 새로운 사실을 밝혀내어, 완벽한 삶을 살게 하려는 것도 아니다.
지금까지 곁을 지켜주고 있는 것들과의 관계를 확인하게 해주고, 재배열할 수 있도록 도와줄 뿐이다.
자신 안의 빛이 무엇을 향하고 있는지 들여다볼 수 있도록 길잡이별이 되어줄 뿐이다.
딱 그만큼이다. 딱 거기까지가, 글쟁이가 할 수 있는 전부이다.

'글'로 세상과 소통하는 사람, '글'로 자신과 대화하는 사람, '글'로 질문을 던지는 사람, 그들을 나는 '글쟁이'라고 불러주고 싶다.

여기까지 올 수 있었던 힘, 일기

누군가가 아주 많이 미워진 날에는 언제나 일기장을 펼쳤다.
그리고 떠오르는 대로, 정신없이 써 내려갔다.
얼마나 달렸을까. 한참을 정신없이 달리다 보면 미운 마음도 어느 순간에는 저절로 빗장을 열었다.
그래도.
그래도.
소심함과 답답함, 원망이 극에 닿을 무렵이면, 조심스럽게 등장했다.
그래도.

사람을 이성적인 동물이라고 말하지만, 감정이 이성을 지배할 때의 경험을 떠올려보면, 해소되지 않은 감정은 위험하다. 그래서일까. 습관처럼 일부러 더 일기장을 찾았다. 해소되지 않은 감정, 케케묵은 오래된 생각들이 꿈틀거리며 치고 올라올 때는 더욱 그랬다.
그렇게 한참 동안 일기장에 쏟아붓고 나면, 정체를 알 수 없는 감정들이 하나, 둘 제자리를 찾아가는 느낌이 좋았다.
'그래도'와 함께 죽을 것과 살 것의 운명이 나뉘는 것도 좋았다.

레프 톨스토이, 60여 년간 쓴 일기가 무려 20권이라고 한다.
일기 쓰기.
일기는 자신의 내면을 자세히 들여다볼 수 있는 가장 좋은 도구이다.

"글을 잘 쓰고 싶다면, 오늘부터 일기 쓰세요.
일기 쓰기, 최고의 글쓰기 훈련입니다"
"어떻게 하면 글을 잘 쓸 수 있나요?"라고 묻는 분들을 위한 또 하나의 조언이다.

일기는 단 한 명의 독자를 대상으로 솔직하고 편하게 쓰는 글이다.
가장 직접적인 만남이며, 가장 편안한 만남이다.
목표와 형식이 없으며, '읽히는 것'을 목적으로 하지 않는다.
일기는 자율적이면서 적극적이다.
예전에 학교에서 배웠던 일기 쓰기의 장점은 결코 틀린 얘기가 아니다. 일기는 역사이며, 스스로 반성할 수 있는 기회를 가지게 하며, 글쓰기 실력에도 도움이 된다.

일기를 쓰기 위해서는 그날 하루를 되돌아보게 되고, 그날의 경험 속에서 유의미한 것을 찾기 위해 노력하게 된다. 감정적으로 정리되지 않은 것들이 불쑥, 불쑥 종이 위에 모습을 드러낼 때도 있지만, 곧 그것들 모두 자신의 자리를 찾아 떠나간다.
해묵은 감정들이 치솟아 오르면 오르는 대로, 이유를 알 수 없는 원망이 폭포처럼 쏟아지면 쏟아지는 대로, 혼자 자화자찬하며 기쁨에 들떠 춤을 추면 추는 대로, 그대로 두면 된다.

자신의 마음이 불행하면, 남의 행복이 눈에 들어오지 않는다. 자신의 마음이 행복해야, 남의 행복에도 마음이 가는 법이다.
그대로 내버려 두어야 한다.

'어차피 내 마음이야'라고 말하지만 그 마음이 무엇인지도 모르는 경우가 태반이다. 자기 마음을 들여다보는 연습이 필요하다.
자기 생각을 들여다보는 연습이 필요하다.
그 연습에 일기 쓰기만 한 것이 없다.

한 줄도 좋고, 두 줄도 좋으니, 생각과 감정이 마음껏 춤출 수 있는 공간을 확보하자. 마음을 드러내는 일기 쓰기를 통해 '자신을 긍정하는 연습'도 함께 해보자.

글쓰기는 삶을 일반적이거나 보편적으로 만드는 것을 목표로 하지 않는다. 오히려 특별하거나 구체적으로 만들기를 더 좋아한다.
그런 측면에서 일기만큼 좋은 글쓰기 친구가 없다.
누구나 자신의 인생에서는 주인공이며, 지금까지 쌓아온 경험은 풍부하다. 세상과 만나는 일이 서툴다면, 글로 마음을 표현하는 일이 익숙하지 않다면, 일기 쓰기를 시작해보자.
삶을 디테일하게 바라보는 특별한 순간을 맞이하게 될 것이다.

나는 거의 30년 동안 동일한 치료사에게 치료를 받고 있다. 이 치료사는 하루의 24시간 언제라도 내가 이용할 수 있으며, 30년 동안 휴가를 간 적이 한 번도 없다. 나는 나의 치료사를 새벽 세시에도, 나의 결혼식에도, 점심시간에도, 춥고 외로운 크리스마스에도, 보라보라 해변에서도, 치과에서 차례를 기다리는 동안에도, 언제 어디서나 불러낼 수 있다.

나는 이 치료사에게 무슨 이야기든 다 할 수 있다. 나의 치료사는 나의 가장 악한 어두운 면에 대해서, 나의 가장 기괴한 상상에 대해서, 나의 가장 소중한 꿈에 대해서 조용하게 들어준다. 그리고 나는 이 모든 이야기를 내가 원하는 어떤 방식으로든 이야기할 수 있다. 즉 소리치거나 훌쩍거리거나 몸부림을 치거나, 통곡하거나, 격분하거나, 크게 기뻐하거나, 거품을 물고 화를 내거나, 축하하거나 어떻게 말해도 된다. 내가 우습게 보여도, 남을 은근히 비방해도, 자기반성적이어도 상관없다. 남을 비난하거나, 빈정대거나, 무기력하거나, 기발하거나, 감상적이거나, 잔인하거나, 심오하거나, 신랄하거나, 고무적이거나, 완고하거나, 저속하거나 아무래도 좋다.

나의 치료사는 이 모든 것들을 그대로 받아줄 뿐만 아니라 더 놀라운 점은 그런 나에 대해 뭐라 한 마디 해준다거나, 판단하거나, 보복하지 않는다는 점이다. 가장 좋은 점은 이 치료사는 나와 자신이 함께 했던 시간에 일어난 모든 일을 상세히 기록해놓기 때문에 나는 책꽂이에 내가 겪은 여러 사랑과 고통, 승리, 상

처, 그리고 나의 성장과 변화 등을 담은 내 생애의 연대기를 간직할 수 있다는 점이다. 이쯤 되면 당신은 이 치료사와 상담하려면 비용이 무척 많이 들겠지요?라고 생각할 것이다.

그러나 천만에. 나의 치료사는 돈을 받지 않는다.
이 치료사는 어느 나라의 어느 도시에서든지 단돈 이천 원이면 살 수 있는 스프링 노트에 적은 나의 저널이다.
이것이 내가 나의 저널을 '2000원짜리 치료사'라고 부르는 이유다.

–「저널치료(Katthleen Adams)」 중에서

'잘 듣는 사람'이 글도 잘 쓴다

글쓰기는 '듣기'를 요구한다.
글쓰기는 '듣기'를 희망한다.
지극히 주관적인 의견이지만, 나는 '잘 듣는 사람이 글도 잘 쓸 수 있다'고 생각한다.
듣고, 말하고, 읽고, 쓰기.
한글을 포함해 언어를 배울 때의 일반적인 단계이다.
가장 마지막은 '쓰기'이며, 첫 시작은 언제나 '듣기'이다.

'듣기'는 '받아들임'을 의미하며, '새로움'을 허락하는 태도이다.
자신의 소리는 물론, 세상의 소리에도 관심을 기울인다는 뜻이다.
'틀림'이 아니라 '다름'을 이해하기 위한 노력이며, 경험을 허락한다는 의미이다.

한 명, 한 명이 세상을 향해 노래 부르는 소리, 세상이 한 명, 한 명의 귓가에 전하는 소리, 그 소리들을 모아 글자로 옮기는 것이 글쟁이의 임무이다.
소리에 반응하는 사람들, 바로 글쟁이다.
가끔은 그 소리 뒤에 있는 말, 행동, 표정, 혹은 인생 전체를 글자로 옮기기도 하면서 말이다.

그런 모습 때문일까.
종종 글쟁이들은 '조금 예민해' 혹은 '조금 세심해'라는 소리를 듣기도 한다.

글쟁이는 자신의 경험과 생각, 느낌만으로 글을 쓸 수 없다.
항상 열려 있어야 한다. 바람이 들어오고 나갈 수 있도록 문을 열어 두는 것처럼, 마음이 오고 갈 수 있도록 허락해야 한다.
자신의 것과 다른 것도 허락할 수 있어야 하고, 길모퉁이에 혼자 외롭게 서 있는 것을 곱게 빗질하여 가로등 밑으로 모셔올 수 있어야 한다.
글쟁이에게 '잘 듣는 것'은 선택이 아니라, 필수이다.

간혹 그렇게 말하는 사람들도 있다.
글쟁이는 '글만 잘 쓰면 된다'라고.
그 부분에서 나의 생각은 조금 다르다. '글만 잘 쓰면 글쟁이가 된다'라고 했을 때, 이미 세상 모든 사람들이 글쟁이다.
좋은 말도 너무 많고, 좋은 글도 너무 많으니까.
들려오는 소리를 귀하게 여겨야 한다.
자신의 소리만 고집하지 말고, 세상의 소리를 들을 수 있어야 한다.
소소한 일상이 빚어내는 소리를 통해 삶의 의미와 마음의 생로병사를 발견할 수 있어야 한다.
이것이 글에 울림이 있느냐, 없느냐를 결정한다.

ももいろ

삶을 사랑하는 새로운 방법을 배우다

글쓰기는 '누구' 이전에 '글을 쓰는 사람'을 위해 가장 먼저 쓰인다. 글쓰기는 '자신'과 '자신의 인생에 대한 신뢰감'을 키우는 데 가장 먼저 쓰인다. 글쓰기는 그 자체가 목적이다.
그 누구도 아닌, '글을 쓰는 사람'에게 가장 먼저 쓰인다. 이미 알고 있었던 것을 확신하는데 쓰이기도 하고, 놓쳐버린 것을 되찾아오는데 쓰이기도 한다.

가끔 '왜 이 글을 쓰고 있지?'라는 의문이 생길 때가 있을 것이다.
그럴 때는, 그 의심스러운 마음까지 기록해보자. 어디에서부터 출발했으며, 그 뿌리가 무엇인지 추적자가 되어 쫓아가보자. 누군가의 얘기처럼 최고의 경험을 하게 되거나, 최고의 생각을 얻게 될 것이다.

글쓰기는 '교육'이다.
교육은 라틴어 'educo'에서 유래된 것으로, '안에서 끌어낸다'라는 의미이다. '안에 있는 것'을 밖으로 끌어내는 것 중에서 글쓰기만 한 것이 없다.
'안에 있는 것'을 밖으로 끌어내는 과정 자체가 '교육'이며 '성장'이다.
밖으로 드러내는 순간, 자유로워진다.
밖으로 드러내는 순간, 편안해진다.
이는 글쓰기를 해 본 사람이라면 누구나 공통적으로 느끼는 감정이다.

진심이 드러나는 글을 통해 진정한 자유를 맛보게 된다.
관계는 회복되고, 마음 안에 '진실함'이라는 깃발을 꽂게 된다.
하지만 글을 쓰는 순간에만 살아있다고, '깨어있는 글'이 나오는 게 아니다.
글을 쓰는 순간에만 노래한다고, '노래하는 글'이 나오는 게 아니다.
모든 '순간'을 '진짜'로 살아가야 한다.

누구나 글을 쓸 수 있다. 그냥 하는 말이 아니다.
감각은 연습으로 나아진다.
손가락이 깨물리면 아프고, 발등이 찍히면 속상하다.
아픔과 속상함에 '감각'을 집중해보자.
아픔과 속상함에 '의식'을 모아보자.
감각을 되살려보자. 의식을 되살려보자.
매 순간을 진짜로 살아가보자.

글쓰기가 나를 깨운 것처럼, 글쓰기는 당신을 깨울 것이다.
계속 글을 쓰다 보면 분명 당신도 느끼게 될 것이다.
스스로도 미처 알지 못했던 풍요로운 감성에 놀라게 될 것이며, 본성을 향한 지적 호기심에 감탄하게 될 것이다. 생각보다 훨씬 더 잘 살아온 사실에 놀라게 될 것이며, 찬란하게 빛났던 아름다운 시절과도 재회하게 될 것이다.

꾸준히 글쓰기를 이어가는 사람들은 말한다.
"세상에 대한 생각이 달라지고, 인생에 대한 태도가 달라졌다"라고.

글을 쓰기 위해 세상과 단절하거나 고립될 필요는 없다.

글을 쓰기 위해 모든 것을 버리고 혼자 산으로 갈 필요도 없다.

오히려 '산'이 아니라, '삶' 속으로 들어가야 한다.

세상의 그 무엇도 '삶(살아가는 것)'보다 우선일 수 없다.

어른들 표현처럼, '한 평생 잘 살아내는 것'이 가장 중요하다. 인생을 잘 살아내기 위한 여러 방법 중에 '글쓰기'가 있을 뿐이다. 아침에 일어나 식탁에 밥상을 차리는 일상, 새벽밥을 먹고 직장으로 달려가는 일상, '이곳만 아니면 되는데'라는 일상, 그런 '일상성'을 벗어났을 때, '완벽한 글'이 나온다고 생각하면 착각이다.

인생은 '고요한 밤'이 아니라 '질퍽한 밥'에 더 가깝다.

글쓰기는 질퍽한 밥 한 그릇 후에 마시는 한 모금의 물과 같다.

십 년이 넘는 세월 동안 글을 쓰면서 새롭게 깨달은 사실이 있다.

"글쓰기는 삶을 껴안는 방법이며, 삶을 사랑하는 새로운 방법이다"

계속 써 내려가야 한다.

멈추지 말고 계속 써 내려가야 한다.

'지금까지의 당신'과 만나야 하고, '앞으로의 당신'과도 만나야 한다.

진짜, 글쓰기를 해야 한다.

지금의 나는 지루하거나, 두렵거나, 불안하거나, 흥분되거나, 자만하거나, 적적할 때마다 필사하고 있다. 성경을 꺼내 한 자 한 자 옮겨 적을 때마다 폭신한 구름 위에 앉아 평화를 만끽하는 기분이 든다. 3년 넘게 성경이라는 단 한 권의 책을 필사하며 이전과는 다른 종류의 인내도 배웠다.

아무리 열심히 써도 줄어들지 않는 페이지를 보면서도 내가 할 수 있는 일은 묵묵히 한 글자씩 손으로 옮겨 적는 것이 전부다.
우리가 인생 속에서 겪는 모든 고통과 희생의 과정도 이와 비슷하다. 건너뛰거나 외면할 수 없고 그 과정을 온몸으로 통과해야만 다음 단계가 가능하다.
창세기를 쓴 뒤 요한계시록으로 넘어간다면 누구도 성경을 필사했다고 인정해주지 않을 것이다.
나이를 먹을수록
가타부타 말없이 견뎌내야 하는 순간이 많아진다.

자갈길이라 해도 유일하게 가진 신이 하이힐이라면 또각또각 전진해야만 하는 시간이 있다.
누군가 내게 공개적으로 '느리고 지루한 그 비생산적인 일'을 왜 하느냐 물은 적이 있지만 나는 그 '미련한 일'로 인해 참 많은 것을 배웠다.

-「글쓰기가 필요하지 않은 인생은 없다(김애리)」 중에서

에필로그

‘나도 글을 쓰고 싶다’를 희망하며

에필로그

'나도 글을 쓰고 싶다'를 희망하며

살아갈수록 '순간을 견디는 힘'의 위대함을 느낀다.
'시간의 힘을 견디고 살아남은 것들'에 대한 호기심도 날마다 커지고 있다.
언젠가 한국사 특강 시간에 선생님이 했던 말이 기억난다.
"예전에는 역사가 관심이 없었는데, 갈수록 역사가 재미있어지고 있어요. 왜 그럴까요?"
잠시 생각하던 선생님은 살짝 미소 지으며 이렇게 말했다.
"나에게도 역사가 생겼기 때문이 아닐까요? '나'라는 사람의 역사"
'영원히 살아갈 수 없다'라는 절대적인 진실을 우리는 외면할 수 없다. 인생은 '순간을 견뎌내는 힘'을 필요로 하고, '나도 언제가 죽는다'라는 두려움을 다스리며 살아가기를 희망한다.

언젠가 인터뷰 중에 이런 질문을 받은 적이 있었다.
"지금까지 꾸준하게 글을 쓸 수 있었던 원동력은 무엇인가요?"
무엇이 끊임없이 자판을 두드리게 했을까.
누구나 마음으로부터 차오르는 것이 있다고 생각한다. 나도 그랬다. 표현하고 싶었고, 내게는 그 도구가 글쓰기였다. 필사하고 싶은 날에는 필사하고, 생각나는 것이 있으면 마구 써 내려갔다. 미운 생각이 뇌를 장악해 세상의 나쁜 마음이란 마음은 모두 모아, 끌고 가도 내버려 두었다. 원하는 만큼, 원하는 방식으로, 가고 싶은 곳까지 가도록 내버려 두었다. 강요받지 않는 자유로움을 나는 글쓰기를 통해 배웠으며, 그 자유로움 아래에서 인생의 다른 많은 것들을 버릴 수 있었다.

누구를 위해 살지 않아도 돼.
누구의 기준으로 살지 않아도 돼.
누구처럼 살지 않아도 돼.

글을 써 몇 권의 책을 내는 동안, 나는 글쓰기와 관련해 몇 가지를 정리할 수 있었다.
첫째, 글쓰기는 '글을 쓰는 사람'을 위해 가장 먼저 쓰인다.
둘째, 글쓰기를 통해 '나를 사랑하는 방법'을 배울 수 있다.
셋째, 글쓰기에는 '세상을 이해하는 힘'이 숨어있다.
넷째, 글쓰기는 '지금까지의 삶'과 '앞으로의 삶'을 긍정하게 한다.
다섯째, 글쓰기는 '어제보다 더 나은 오늘'을 위해 쓰인다.

이번 글쓰기 책의 시작은 이 마음을 나누고 싶다는 데서 출발했다. 글쓰기 관련 책을 쓰기 위해 몇 년 전부터 준비해왔고, 몇 번 수정하는 과정을 거쳤지만, 확실한 맥락이 잡히지 않아 고민이 깊었다. 결국 전면 수정 작업에 들어갔고, 많은 생각 끝에 전달해주고 싶은 메시지를 두 가지로 정리할 수 있었다.

"누구나 글을 쓸 수 있다"

"나도 글을 쓰고 싶다"

글쓰기에 필요한 유일한 재료는 '지금의 나'와 '지금까지의 경험'이라는 데에 초점을 두고, 원고를 다시 다듬었다. 글쓰기와 관련한 '지금까지 나의 경험'이 무엇보다 적당한 소재가 될 것 같았다. 그 작업을 위해 블로그 기록을 다시 찾아냈고, 근육 속에 잠들어있는 기억들을 온전하게 되살려내기 위해 노력했다.

세상에는 나보다 더 좋은 문장력을 가진 사람, 타고난 재능으로 글을 써 내려가는 사람, 남다른 문학적 깊이를 자랑하는 사람들이 아주 많다.

그런 까닭에 '잘 써야 한다'라는 부담감은 처음부터 내려놓았다.

'모든 사람들에게 사랑받는 글쓰기 책을 써야지'라는 욕심까지도.

두 마음을 내려놓지 않고서는 엄두가 나지 않았다.

아니, 내려놓았기에 여기까지 올 수 있었던 것 같기도 하다.

처음의 마음을 잊지 않기 위해 노력했다.

끝까지 친절한 책으로 남을 수 있도록 마음을 다했다.

단 한 명에게라도 '선(善) 한 의도'가 전해지기를 희망하면서 최선을 다해 정성을 쏟았다.

나의 역할은 여기까지인 것 같다.

나는 글쓰기를 통해 삶의 변화를 만들었고, 그 과정에서 인생 전체에 대한 자신감도 얻었다.
그 마음이 전해졌으면 좋겠다.

글쓰기.
너무 두려워하지 말고, 편한 마음으로 시작할 수 있었으면 좋겠다.
진심으로.

우리의 삶 모든 순간순간이 귀하다.

이것을 알리는 것이 바로 작가가 해야 할 일이다.

– 나탈리 골드버그

나를 찾아 떠나는 글쓰기

- 30일, 글쓰기 목록 -

하루에 30분, 혹은 하루에 한 장, 글쓰기 목록에서 주제를 선택해 글쓰기를 시도해보자.
'진짜 나'를 만나게 되는 소중한 시간이 될 것이다.

day 1.
오늘의 일과 중에서 가장 기억에 남는 사건과 그 이유는 무엇인가?
day 2.
성공이 확실하다고 말해준다면, 무엇을 하고 싶은가?
day 3.
가장 최근에 읽은 책은 무엇이며, 어떤 점이 좋았는가?
가장 마음에 드는 문장을 필사해보자.
day 4.
갑자기 '시한부 인생'을 선고받았다면, 무엇을 하고 싶은가?
그리고 왜 지금 할 수 없는지, 하기 위해서는 어떻게 해야 하는지도 함께 정리해보자.

day 5.

살아오는 동안의 수많은 선택 중에서 '가장 잘했다'고 생각하는 선택은 무엇인가? 작은 성공의 경험이 큰 성공을 만들어낸다고 했다. 성공적인 경험을 나열해보자.

day 6.

'꿈'이라는 단어는 당신에게 어떤 생각과 느낌을 주는가?

day 7.

'재능'과 '끈기(노력)'에 대한 생각과 느낌, 관련된 경험을 적어보자.

day 8.

5년 후 나는 어디에서 무엇을 하고 있을까?

최대한 상세하고 세밀하게 적어보자.

day 9.

요즘 새롭게 배우고 있는 것이 있는가?

'평생 배워야 한다'라는 시대적 요구에 대해 어떻게 생각하는가?

day 10.

닮고 싶은, 좋아하는 사람이 있는가?

그 사람의 어떤 점을 닮고 싶고, 배우고 싶은가?

day 11.

주변 사람들이 말하는 당신의 좋은 점은 무엇인가?

당신이 생각할 때, 당신의 장점은 무엇인가?

나의 장점 10가지를 찾아보자.

day 12.

다음 단어들에 대한 당신의 생각이 궁금하다.

당신의 인생 사전을 만들어보자.

(가족, 성장, 친구, 인생, 사랑, 변화, 나눔, 공감, 책, 성공, 꿈, 자아 실현....)

day 13.

자서전을 쓴다는 마음으로 당신의 역사를 기록해보자.

(탄생부터 지금까지 어떻게 지내왔는지 적어보자)

day 14.

갑자기 무인도로 떠나게 된 당신에게 3가지를 준다면, 당신은 무엇을 가지고 가겠는가?

day 15.

부모님에 대해 적어보자. 그들의 삶, 가치관, 그들의 현재 모습까지.

당신의 부모님은 어떤 분이셨는가?

그분들이 당신에게 기대했던 모습은 어떤 것이었는가?

당신에게 부모님은 어떻게 기억되고 있는가.

아버지는 어떤 재능이나 기질을 지녔으며, 어머니는 어떤 태도나 행동을 보이셨는가.

day 16.

단 한 명의 친구가 있어도 외롭지 않다고 했다.

단 한 명의 친구에 대해 적어보자.

day 17.

'포기할 줄도 알아야 한다'라는 문장에 대한 생각을 적어보자.

(포기와 관련된 경험도 함께)

day 18.

유언장을 작성해둔다고 하면, 어떤 유언을 남기고 싶은가?

유언장을 작성해보자. 누구에게 무엇을 줄 것이며, 누구에게 어떤 것을 전해주고 싶은지 적어보자. 고마운 마음도 함께 남겨보자.

day 19.

현재의 삶에 대한 만족도를 평가한다면 몇 퍼센트인가?

그리고 그 이유는 무엇인가?

day 20.

'남을 위한 것이 나를 위한 것이다'라는 문장에 대한 당신의 생각이 궁금하다.

떠오르는 대로, 생각나는 대로 적어보자. 경험도 좋고, 의견도 좋다.

day 21.

요즘 읽고 있는 책의 제목은 무엇인가?

요즘 만나는 사람은 누구인가?

요즘 자주 가는 곳은 어디인가?

day 22.

인생의 좌우명이 있는가?

마음속으로 외우고 다니는 문장이 있는가?

늘 떠올리는 단어는 무엇인가?

day 23.

가장 힘든 시기를 함께 보내준 친구나 가족에게 고마움을 전해보자.

감사하는 마음이 행복한 마음을 이끌어낸다.

day 24.

'보고 싶다. 생각난다. 혹은 그립다'라는 문장으로 글을 시작해보자.

주제는 '그리움'이 적당할 것 같다.

생각나는 사람을 최대한 구체적으로, 세밀하게 적어보자.

day 25.

당신에게 '죽음'을 가르쳐준 사건이나, 사람을 떠올려보자.

그, 혹은 그녀의 죽음에서 어떤 마음이 생겨났는지.

그, 혹은 그녀의 죽음이 당신에게 어떤 메시지를 던져 주었는지 써 내려가보자.

day 26.

좋아하는 명언이나 인용문으로 글을 시작해보자.

명언이나 인용문으로 시작해, 나의 명언으로 마무리해보자.

day 27.

당신의 인생에서 가장 큰 두려움은 무엇인가.

누군가를 잃는 것이 두려운가,

누군가가 당신을 질책하는 것이 두려운가,

시험에서 떨어지는 것이 두려운가.

상실, 죽음, 공포 등. 당신을 두렵게 만드는 것에 대해 적어보자.

day 28.

자주 하는 말을 적어보자. 습관처럼 뱉는 말을 적어보자.

당신이 자주 하는 말, 그리고 습관처럼 뱉는 말. 곧, '당신'이다.

day 29.

지금의 직업에 대한 느낌이나 생각을 적어보자.

어떤 부분이 가장 좋고, 어떤 부분이 가장 힘들게 하는지 적어보자.

day 30.

세바시 강연의 강연자가 되었다고 가정해보자.

15분 동안, 무대에 서게 된 당신은 어떤 말을 해주고 싶은가.

'당신'만이 전할 수 있는, 인생의 경험과 생각을 정리해보자.

〈함께 책을 만든 사람들〉

「글쓰기가 필요한 시간」이 출간되는 과정에서 도움을 주신 분들이다.
블로그, SNS, 윤슬 글방, 독서모임 소나무에서 많은 영감을 전해준
그들에게 고마운 마음을 전한다.
그들과 함께 올 수 있었던 나는 참 행운아였다.

강징규님(버팀목), 고현경님, 곽정혜님(엘레강스)
김남희님(행복맘), 김미영님(알프스 소녀), 김영숙님(모던트리)
김옥경님, 김인설님(서리), 김정희님(크는 나무)
김지현님(꿈꾸는 사과), 드림 꿈나무님, 들꽃향님, 럭키 신작가님
문재현님, 박관우님(문암), 뷰티펄님, 슈퍼리치님
양현아님, 우혜진님, 윤미숙님(자인), 이경애님(까시)
이예봉님, 이지은님(우아쟁이), 이태숙님(다온)
작가 마야, 정은아님(황진이), 조국향님, 조재자님(j3)
최광희님(쵸이), 최성희님(justine), 최화진님
퍼니쇼님, 푸른봄님, 하부루타이루카님, 하얀 봄밤님
한정해님(소소), 한효정님(브라운씨네 가족),
최선경님(change maker), dream box님, JHONLEE님, Tina님
그리고 사랑하는 나의 가족.

무슨 일이 있어도 개의치 말고 매일 쓰도록 하라.

– 어니스트 헤밍웨이

오늘은

내 인생의 '가장 젊은 날'이며,

동시에

내 인생의 '가장 마지막 날'이기도 합니다.

무엇을 다시 시작하기에 가장 좋은 날,

무엇을 마무리하기에 가장 좋은 날,

'오늘'입니다.

–「살자, 한번 살아본 것처럼 아모르파티」 중에서